TANT MIEUX

AMÉLIE NOTHOMB

TANT MIEUX

roman

ALBIN MICHEL

IL A ÉTÉ TIRÉ DE CET OUVRAGE

Trente-cinq exemplaires
sur vergé blanc chiffon, filigrané, de Hollande
dont vingt-cinq exemplaires numérotés de 1 *à* 25
et dix exemplaires, hors commerce, numérotés de I *à* X

– Debout là-dedans !

C'était la formule magique de sa mère, mais c'était la voix de sa grand-mère. Adrienne, quatre ans, décida de ne pas se réveiller. Pourquoi aurait-elle obéi à cette horrible vieille femme, alors qu'elle aimait tant dormir ?

– Debout là-dedans ! répéta la mal nommée Bonne-maman.

Devant l'inertie de la petite fille, l'aïeule arracha d'une main la couette et de l'autre le corps de l'enfant, qu'elle traîna jusqu'à la salle à manger.

Elle la jeta sur une chaise, face à sa place à table, où l'attendaient un bol de café au lait et une assiette de harengs au vinaigre.

– C'est ton petit-déjeuner.

– Je n'ai pas faim, dit Adrienne.

– Cela m'est égal. Ta mère t'a confiée à moi, tu avales ça.

– Je n'aime pas ça.

– On ne te demande pas d'apprécier. C'est la guerre, tu peux t'estimer heureuse d'avoir de la nourriture.

La petite fille prit une bouchée de hareng au vinaigre. C'était infect. Il y en avait encore deux à manger. Elle évalua la possibilité de les avaler sans mâcher. Avec une gorgée de café au lait, cela lui parut jouable. Elle enfourna les deux poissons, ingurgita du breuvage et puis évacua le tout d'un coup de glotte.

C'était sans compter le goût du café au lait qui, mêlé aux harengs au vinaigre, devint exactement celui du résultat immédiat de l'opération : du vomi.

– Sale gosse ! cria Bonne-maman. Encore heureux que tu as rendu dans l'assiette ! Ce sera plus facile à remanger.

– On ne remange pas du vomi, déclara Adrienne, très au courant des usages.

– Chez moi, on obéit. J'interdis ce gaspillage.

L'enfant resta perplexe quelques instants.

– Tu veux une taloche ? interrogea la vieille.

La petite, incrédule, avala le contenu de l'assiette. Ce qui devait arriver arriva : cela ressortit aussitôt.

– Inutile de jouer la comédie, commenta la grand-mère. Tu ne quitteras pas la table aussi longtemps que tu n'auras pas tout gardé.

Adrienne regarda le monstre et sut qu'il éprouvait du plaisir à la faire souffrir de cette manière. Elle était dans une situation aussi difficile que les gnomes dans les contes d'épouvante que sa mère lui racontait. Comment s'en sortaient-ils ? Il lui parut qu'une expression consacrée parviendrait à la tirer de là. Elle essaya ce qu'elle se rappelait, abracadabra, hocus-pocus, tire la chevillette, rien ne fonctionnait.

« Je suis seule au monde avec cette vieille folle, personne ne va venir me sauver », comprit-elle. Combien d'enfants de quatre ans, depuis des milliers d'années, s'étaient retrouvés face à l'évidence de leur perte ? Un instinct les avertissait sans doute qu'il n'y avait plus d'espoir et qu'il ne leur restait plus qu'à endurer l'infini du supplice.

Ce n'est pas ce qu'il advint d'Adrienne. Il se produisit un glissement dans son esprit, l'univers perdit son assise sous elle et elle fut foudroyée par une découverte miraculeuse qui tenait en deux mots : tant mieux.

C'étaient des paroles qu'elle avait entendues dans la bouche de sa mère. Elle n'était pas sûre d'en saisir la signification. Elle sentait qu'il y avait là une décision de bonne humeur, la version joyeuse du sang-froid.

« Puisque me voici livrée à la bourrelle, je la regarderai droit dans les yeux et je tairai le tant mieux qui me sauvera. »

Dont acte. Adrienne se redressa et, dévisageant calmement l'adversaire, mangea le vomi sans grimacer. Ensuite, elle termina le bol de café au lait.

La grand-mère l'observa avec suspicion, l'air de se demander quel mauvais procédé on lui cachait.

– Merci pour ce petit-déjeuner, Bonne-maman. Puis-je sortir de table, s'il vous plaît ?

La vieille la conduisit dans la salle de séjour et resta en sa compagnie une dizaine de minutes, afin de s'assurer que l'enfant n'allait pas rendre derrière son dos. Quand elle n'eut plus de doute sur cette question, elle se leva pour quitter la pièce.

– Est-ce que je peux aller jouer dehors ?

– Non, tu resteras ici.

– Et si je dois faire pipi ?

– Les toilettes sont à côté.

La grand-mère attrapa un énorme trousseau de clefs et ferma à double tour la porte de ce salon. Adrienne y vit la garantie de sa tranquillité et commença à explorer ce lieu nouveau.

La veille, au matin, la petite était encore à Bruxelles, avec sa sœur, chez ses parents.

Papa avait déclaré :

– Nous ne pouvons pas vous garder pendant les vacances d'été. J'ai trop de travail et maman est très occupée. Jacqueline va à Bruges chez ma mère et Adrienne à Gand chez la mère de maman.

– Je ne veux pas être séparée de ma grande sœur, dit Adrienne.

– Bonne-maman de Bruges ne peut pas garder deux enfants, c'est trop pour elle. Et puis comme cela tu feras la connaissance de Bonne-maman de Gand.

– Il paraît qu'elle est méchante !

– Maman a le caractère un peu vif, protesta maman, mais je suis sûre que vous vous entendrez bien.

– Deux mois sans vous, gémit Jacqueline.

– Ils passeront vite, dit papa. Et ni Gand ni Bruges ne sont bombardées, ce sont de trop petites villes, vous serez plus en sécurité qu'à Bruxelles.

– Mais dans deux mois, nous pourrons revenir ?

– Il le faudra. Jacqueline entrera à l'école et Adrienne retournera au jardin d'enfants. Cet après-midi, c'est le grand départ. Je conduis Jacqueline en voiture jusqu'à Bruges et maman emmène Adrienne à Gand en train.

Chacune prépara son bagage. Maman contrôla les affaires d'Adrienne et retira ce qui lui sembla superflu : les poupées et l'ours en peluche.

– Comment vais-je supporter deux mois sans mon ours ? demanda la petite.

– De toute façon, Bonne-maman te le confisquerait.

– Tu es sûre que je vais bien m'entendre avec elle ?

Maman se mordit la lèvre. Cela n'augurait rien de bon.

Pendant le trajet de train, maman vanta les charmes de Gand.

– Tu verras, c'est encore plus beau que Bruges, sans ce côté ville-musée.

Elles parcoururent à pied le kilomètre qui allait de la gare à la demeure familiale. Adrienne dut convenir que c'était magnifique. Les riches maisons flamandes rivalisaient de splendeur.

Quelle ne fut pas sa surprise de découvrir une masure sombre et vétuste !

– C'est ici qu'habite Bonne-maman ?

– Oui. C'est joli, n'est-ce pas ?

– Très, dit poliment l'enfant.

L'instant d'après, elle repensa à la somptueuse demeure de Bonne-maman de Bruges, le long du Grand Canal, et demanda :

– Pourquoi n'est-ce pas Jacqueline qui passe les vacances à Gand ?

– Ta sœur est maigre et toujours malade, il lui faut la gentillesse de Bonne-maman de Bruges. Toi, tu as une santé de fer, tu supporteras Bonne-maman de Gand.

– Est-ce qu'elle a des domestiques comme Bonne-maman de Bruges ?

– Non. Bonne-maman de Gand n'est pas riche. Tu seras seule avec elle. Tu veilleras à ne pas la fâcher, elle a une propension à la colère.

On frappa à la porte. Une horrible vieille femme ouvrit, le visage cousu de rides et l'air mauvais.

– Bonsoir, maman.

– Ce n'est pas trop tôt, dit une voix grinçante.

– Je te présente Adrienne.

– Bonjour, Bonne-maman.

– C'est ton sosie, dit la grand-mère à sa fille. Grosse, grasse et stupide.

– Je te laisse sa valise, je dois filer, le train n'attendra pas.

Maman s'en alla sans un regard pour Adrienne, qui réprima un sanglot.

– Tu ne t'imagines pas que je vais porter ton bagage ?

La petite souleva la valise qui, heureusement, ne contenait pas grand-chose. La vieille la conduisit jusqu'au dernier étage et lui indiqua une mansarde.

– Tu dormiras ici.

Le soir tombait.

– Veux-tu dîner ?

– Je n'ai pas faim, répondit l'enfant que la perspective de s'attabler avec l'aïeule épouvantait.

– Alors, au lit !

La grand-mère tira de sa poche le trousseau de clefs et enferma la fillette.

L'obscurité découragea Adrienne de découvrir la chambrette. Elle se coucha sans se déshabiller. La douceur des draps lui rappela ce que maman avait dit dans le train :

– Bonne-maman appartenait à l'une des familles les plus nobles de Gand. Elle a épousé un industriel de Tournai, qui n'était pas un aristocrate mais qui était si riche que personne ne lui a reproché cette mésalliance. J'ai grandi dans un palais tournaisien avec mes sœurs. Quand j'avais dix ans, papa a connu la ruine. Il a perdu la totalité de son immense fortune. Nous avons déménagé dans une maison d'ouvrier. Tes tantes et moi, nous nous en sommes accommodées. Maman, elle, ne s'en est jamais remise. Elle accablait son mari de reproches. Son refrain favori consistait à dire : « Je te rappelle que ma mère était une Van Zuylen ! J'ai accepté ta demande en mariage parce que tu avais promis que je vivrais comme une princesse ! » Papa avait tellement honte qu'il est mort d'un cancer foudroyant. C'est pour cela que Bonne-maman habite seule.

– Est-ce qu'elle était gentille avec toi ?

– Elle n'a jamais cessé de me répéter que j'étais grosse, grasse et stupide.

– Maman, tu es si belle, si mince et si intelligente !

– Merci, ma chérie. Tu me ressembles.

Adrienne sourit dans son lit en se souvenant de l'accueil de Bonne-maman. Elle ne tarda pas à s'endormir.

Explorer la salle de séjour s'avéra intéressant. Sous les fauteuils, il y avait une couche de poussière impressionnante. Sur la table basse, des bibelots bizarres, des boîtes en bois impossibles à ouvrir (il aurait fallu pouvoir subtiliser à Bonne-maman ce fameux trousseau de clefs). Par la fenêtre, on voyait la rue avec des passants et l'intérieur de l'appartement d'en face.

La salle d'eau lui plut. Tirer la chasse provoquait un Niagara formidablement bruyant. Au lavabo, la petite but du château-la-pompe qui acheva de rincer sa bouche du goût du vomi des harengs au vinaigre. Le savon pétrifié sentait l'huile de lin. La serviette n'avait pas été changée depuis très longtemps, elle était visqueuse et dégageait une odeur de pourriture.

– À quoi vais-je m'occuper ? s'interrogea-t-elle à haute voix, histoire de rompre le silence.

Les fauteuils étaient bordés de franges. Adrienne décida de les natter. Il lui fallut plusieurs éternités pour tresser toutes les franges. Le plus difficile était de nouer le bas de la natte avec de quoi l'empêcher de se défaire. L'enfant trouva, parmi les ordures traînant au sol, des amas de cheveux. Elle s'en servit comme liens.

– Oh, mes filles, que vous êtes joliment coiffées ! déclara-t-elle aux fauteuils.

Elle retira ensuite les attaches capillaires, les conservant précieusement dans sa poche, et dénoua les tresses. Bien l'en prit : Bonne-maman ouvrit la porte et inspecta la pièce pour s'assurer que rien n'y avait été modifié.

– Viens déjeuner, ordonna-t-elle.

La table avait été mise pour deux personnes. Adrienne s'assit face à sa grand-mère. Dans son assiette, il y avait des pommes de terre bouillies.

– Des patates, mon plat préféré ! s'écria l'enfant.

– Ne t'empiffre pas, tu es déjà…

– Grosse, grasse et stupide, enchaîna la petite.

– Je vois que tu es au courant.

– Bonne-maman, est-ce que je pourrais sortir cet après-midi ?

– Pour quoi faire ?

– Pour me promener dans la ville, pour voir les belles choses.

– Pas question. Il y a des Allemands partout, tu n'es en sécurité qu'ici.

– Alors, est-ce que je pourrais avoir un jouet ?

– Tu t'imagines que j'ai des jouets, moi ?

– Je ne sais pas. J'aimerais jouer.

Exaspérée, la vieille se leva, alla à la cuisine et revint en brandissant une cuiller en bois des plus ordinaires.

– Voilà. C'est ça ou rien, dit-elle en la jetant auprès d'Adrienne.

L'enfant passa le reste du repas à contempler la cuiller en bois. Maman possédait la même et s'en servait pour touiller dans les casseroles. Nul doute qu'elle trouverait un usage à cet objet fascinant.

– Il n'y a pas de dessert ?

– Cesse de dire n'importe quoi et va t'amuser avec ton jouet.

Quand la grand-mère l'eut enfermée dans le salon, la petite fille se coucha par terre avec la cuiller en bois et la caressa.

– Tu es belle, tu es mon jouet. Je t'aime.

Elle la couvrit de baisers. Le contact de la cuiller était un peu rêche. Son toucher la fit frissonner, elle frotta sa joue et son mollet avec le manche. Puis décréta que les franges des fauteuils fonctionneraient comme les cordes d'une harpe et se servit de la cuiller à la manière d'un plectre. À haute voix, elle produisit le son qu'elle entendait dans sa tête. La cacophonie l'enthousiasma.

Il y avait d'autres instruments à essayer. La table basse, la commode et l'horloge serviraient de tambours ou de batterie. Adrienne expérimenta leur percussion. La cuiller en bois fit des miracles. Le son émerveilla l'enfant qui, folle d'excitation, se lança dans un solo d'enfer. Elle était sur le point de tester les murs avec le jouet magique lorsqu'elle entendit des pas derrière la porte.

– On peut savoir ce qui se passe ? demanda la vieille.

La petite fille eut juste le temps de prendre la cuiller dans les bras à la manière d'une poupée et de la bercer.

– Je joue, Bonne-maman.

– Qu'est-ce que c'était que ce tintamarre ?

– Les Allemands ont poursuivi quelqu'un dans la rue, improvisa-t-elle.

La grand-mère courut à la fenêtre dans l'espoir de ne rien manquer de l'événement. Elle sembla déçue par le calme plat, contempla la gamine avec suspicion et dit :

– Si j'entends encore du bruit, je te confisque le jouet.

Elle repartit en fermant la porte à double tour.

Adrienne frémit à l'idée de perdre la cuiller et la serra contre son cœur.

– Tu sais, je ne t'abandonnerai pas. Tu es ma fille, je vais t'appeler Maïzena.

C'était un nom qu'elle avait vu dans la cuisine de ses parents. Elle commença à chantonner à mi-voix des comptines à l'intention de Maïzena, qui se révéla un bébé de bonne composition.

Pendant le dîner, qui consistait en restes de midi, Adrienne demanda où elle pourrait se laver.

– Pourquoi veux-tu te laver ?

– Je ne l'ai pas fait ce matin.

– Ta mère te lave chaque jour ? demanda la vieille d'un ton offusqué.

– Oui, au moins au lavabo. Et une fois par semaine, la baignoire.

– Il n'y a pas de baignoire ici.

– Comment vous lavez-vous, Bonne-maman ?

L'ancêtre la fusilla du regard en guise de réponse. Adrienne n'osa pas imaginer la réalité que révélait cette réaction.

La grand-mère lui apporta dans sa chambre une bassine d'eau. Avant que la petite ait eu le temps de lui demander du savon, une éponge et une serviette, elle se retrouva enfermée à double tour.

Elle resta devant la bassine à s'interroger : comment procéder ? Elle se déshabilla. Entrer dans le récipient était impossible, l'eau déborderait. Il fallait se résoudre à l'idée de prendre de l'eau dans ses mains et de s'asperger et puis de se frotter. Oui, mais elle en mettrait par terre. Nul doute que cette inondation lui vaudrait un châtiment. Par ailleurs, elle n'avait rien pour se sécher. On était en été, donc ça ne serait pas si grave.

Au bout d'un certain temps de réflexion, Adrienne trempa un doigt dans l'eau et se mouilla le bout du nez. « Voilà, je suis propre », décida-t-elle. Elle enfila sa chemise de nuit et se coucha. Son sommeil était excellent. À Bruxelles, quand il y avait des bombardements, papa venait la chercher dans son lit et la portait à la cave sans la réveiller.

Au petit-déjeuner, tandis qu'elle mangeait sans les vomir les harengs au vinaigre accompagnés du bol de café au lait, elle raconta à l'aïeule les ablutions imaginaires auxquelles elle s'était livrée la veille. L'hygiène n'intéressait clairement pas la grand-mère, qui l'interrompit pour parler diététique.

– Je préfère te servir les harengs le matin. Les protéines au petit-déjeuner, c'est important.

Adrienne, comprenant la déception de l'ancêtre, qui espérait la voir souffrir comme au matin précédent, ne lui donna pas ce plaisir.

– Vous avez vu, je suis habituée maintenant, le mélange harengs-café au lait est finalement délicieux.

– Ce n'est pas du café, c'est de la chicorée.

– Maman dit que la chicorée est bonne pour la santé.

La vieille se mordit les lèvres. Elle allait devoir inventer de nouvelles méthodes, l'enfant était dure au mal.

Une fois enfermée dans le salon, Adrienne se précipita au lavabo : mieux valait du savon médiocre et une serviette rance que rien du tout. Elle fit une toilette expéditive.

– Vois-tu, Maïzena, il faut se laver, dit-elle ensuite à son jouet, qu'elle récura aussi au robinet.

Tandis qu'elle tressait les franges des fauteuils, elle parla à la cuiller en bois de son projet de dérober le trousseau de clefs de la grand-mère. Ce serait fabuleux. Hélas, un tel rêve demeurait hors de portée.

Le temps était magnifique. Adrienne voulut ouvrir la fenêtre. Elle installa une chaise devant la vitre et monta dessus afin d'atteindre la poignée. L'air pénétra dans la pièce à l'atmosphère confinée. Sans descendre de son promontoire, la petite se pencha par la fenêtre et tomba.

Chuter du premier étage d'une maison ancienne, quand on a quatre ans, n'a rien de si grave. En plus, elle tomba pour ainsi dire dans les bras d'une brave femme qui passait par là et qui fut éberluée d'attraper au vol une poupée vivante. La dame ne parlait que flamand, il fut impossible de se comprendre mais elle conduisit sa trouvaille chez l'épicier du coin.

– Monsieur, bonjour. Je suis la petite-fille de la dame de la maison rouge.

– Comment s'appelle-t-elle ?

– Elle s'appelle Bonne-maman. C'est une vieille femme qui habite seule.

– La dame au chat, dit l'homme en hochant la tête d'un air excédé.

Adrienne n'avait pas vu de chat et se tut, enregistrant l'information.

– Retourne donc chez ta grand-mère, ajouta-t-il.

– Je ne peux pas. Je suis sortie sans en avoir le droit, par la fenêtre. Si Bonne-maman l'apprend, elle va être furieuse.

L'épicier soupira et alla chercher une échelle. Il raccompagna l'enfant en lui demandant si elle était seule avec la vieille.

– Non, il y a aussi Maïzena, répondit-elle.

L'homme crut qu'il s'agissait d'une nounou et, rassuré, lui suggéra de ne plus quitter cette alliée précieuse. Il aida Adrienne à grimper par l'échelle et partit. C'est ainsi que la défenestration d'une fillette n'accéda pas même au grade d'incident.

– Bonne-maman a un chat, dit-elle à la cuiller en bois.

Tandis qu'elle déjeunait avec la grand-mère, elle élaborait des stratégies pour en savoir davantage. Elle finit par avoir une idée.

– Bonne-maman, est-ce qu'il y a des souris dans ta maison ?

– À part toi, il n'y en a pas, répondit la vieille en ricanant.

– À Bruxelles, il y a des souris dans l'appartement.

– C'est parce que vous n'avez pas de chat.

– Vous avez un chat ?

– Tais-toi et mange, répondit l'aïeule, furieuse de son aveu.

Quand elle eut terminé ses pommes de terre, Adrienne eut le courage d'ajouter :

– J'adore les chats.

– Toi, tu adores les chats ?

– Oui, je les adore, répéta l'enfant. Comment s'appelle votre chat ?

La vieille changea de visage et prit une expression enamourée pour divulguer son secret.

– Pneu.

– Pneu ! Quel joli nom !

– Tu trouves aussi ?

– J'aimerais tellement le voir.

– J'ai peur que tu lui refiles des maladies.

– Je suis en parfaite santé.

La grand-mère scruta la petite et dut admettre que cela semblait vrai.

– Suis-moi, déclara-t-elle.

Le cœur battant, Adrienne accompagna l'aïeule à l'étage et entra dans ce qui devait être sa chambre à coucher. Il y régnait une odeur pestilentielle : le remugle concomitant au confinement d'un chat dont la litière était rarement changée.

Au milieu du lit jonché de plaids et de courtepointes trônait un matou obèse, couleur anthracite, à l'expression auguste et méprisante.

– Mon chéri, dit la vieille en le pressant dans ses bras.

Il se laissa manipuler avec bienveillance, non sans jeter un regard suspicieux à la nouvelle venue.

– N'aie pas peur, mon amour, c'est Adrienne, ma petite-fille, elle est inoffensive.

– Puis-je le caresser ? demanda l'intéressée.

– Très doucement, avertit Bonne-maman d'un ton comminatoire.

L'enfant s'approcha et frôla du plat de la main le félin en disant :

– Bonjour, Pneu.

Un miracle se produisit : il daigna ronronner. Cet assentiment inespéré métamorphosa l'attitude de l'ancêtre.

– Il t'a à la bonne !

Pour la première fois, elle considéra Adrienne comme sa parente, au lieu de la tenir pour une descendante d'Attila.

Le séjour chez la grand-mère s'en trouva transfiguré. Désormais, la petite fille eut le droit de passer les mêmes journées que la vieille, à vénérer Pneu dans son sanctuaire. Il était une occupation à plein temps. Le chat tolérait d'être patiné tour à tour par la vieillarde et la petiote : il concevait que son culte nécessite de telles pratiques. Deux fois par jour, il lui était servi une gamelle somptueuse : riz, poisson frais, parfois même de la viande. En vérité, Bonne-maman n'allait aux commissions que pour Pneu. Les patates et la chicorée étaient faciles à trouver, quand les denrées luxueuses destinées au chat exigeaient des détours par le marché noir.

– Est-ce que Pneu aime les harengs au vinaigre ? demanda Adrienne.

– Je crèverais plutôt que de lui servir une telle horreur.

– Alors pourquoi m'en achetez-vous ?

– À ton âge, les protéines, c'est indispensable.

– Ne pourrais-je pas avoir de la sole, comme Pneu ?

– Pour qui te prends-tu ? La sole, c'est cher.

La grand-mère n'autorisa jamais l'enfant à l'accompagner à l'épicerie. Elle disposait pour cela d'un prétexte en or :

– Il faut que tu gardes Pneu.

Être seule dans cette chambre avec le chat était impressionnant. Le lit témoignait des splendeurs révolues de l'aïeule et en aurait gardé l'air luxueux s'il n'eût été recouvert de ces couvertures-serpillières semées de poils félins. Sur le mur, il y avait un tableau immense : c'était le portrait d'une jeune fille belle comme un ange, en robe de bal. Adrienne adorait la regarder. Ne ressemblait-elle pas un peu à maman ?

Un jour, elle osa interroger sa grand-mère sur l'identité de cette apparition.

– Tu ne la reconnais pas ? s'offusqua Bonne-maman.

– Non.

– C'est moi à vingt ans.

Elle ricana de l'ébahissement de la petite. Bien consciente que c'était difficile à croire, elle en retirait un plaisir mauvais.

– Les ans, ça vous change quelqu'un. Toi aussi, quand tu auras mon âge, personne ne te reconnaîtra.

Adrienne eut néanmoins le cran de s'exclamer :

– Vous étiez la plus belle femme du monde, Bonne-maman.

Ce fut apprécié et commenté :

– C'est vrai. Je dois dire que je n'ai jamais vu une beauté aussi resplendissante que celle de ma jeunesse.

L'enfant pensait la même chose. Elle se disait aussi qu'elle n'avait jamais vu une femme âgée aussi repoussante qu'elle. Bonne-maman de Bruges était une vieille dame au visage agréable. Et les autres dames d'un certain âge qu'elle avait déjà vues n'avaient pas ce rictus atroce qui rendait l'identification à l'ange du portrait hautement improbable.

– Les hommes devenaient fous dès que j'apparaissais. Je n'avais que l'embarras du choix. J'ai accepté la demande en mariage du plus riche. Pendant quinze années, j'ai vécu comme une reine. Et puis cet imbécile a perdu la totalité de sa fortune. Je n'ai pas tardé à tomber gravement malade. Ma beauté n'a pas survécu à cette catastrophe.

Adrienne essayait de donner du sens à ces paroles et n'y parvenait guère. Comment une telle grâce pouvait-elle se dissoudre dans une maladie, quelle qu'elle fût ? Cela dépassait l'entendement.

– Profite bien de ta jeunesse, elle ne dure pas, et après, on ne sait pas ce qu'on devient, ajouta la grand-mère d'une voix lugubre.

La petite sourit intérieurement. Dans ce propos menaçant, elle entendit qu'elle était jolie et non grosse et grasse, puisqu'on l'invitait à en profiter. Par ailleurs, elle savait qu'elle n'avait que quatre ans, elle était à Gand depuis deux semaines, le temps s'étalait à l'infini.

– Comment vous appelez-vous ? eut-elle l'audace de demander.

– Bonne-maman. Tu le sais.

– Sur la peinture, vous vous appeliez comment ?

La vieille tarda à répondre, comme si elle préférait garder son trésor. Un élan de vanité la poussa à avouer :

– On m'appelait Alberte.

– Alberte, répéta Adrienne, mesurant l'importance de la révélation, quel joli nom.

– Et mon mari s'appelait Albert. C'est facile à retenir.

– Et maman s'appelle Astrid. Et je m'appelle Adrienne.

La nuit, l'enfant tenait la cuiller en bois dans ses bras, et sombrait aussitôt. Au matin, les cloches de Gand la réveillaient. Elle couvrait de baisers la tête de Maïzena et lui parlait de maman qui lui manquait.

– Bonne-maman, avez-vous le téléphone ?

– Pourquoi cette question ?

– Je voudrais parler avec maman.

– Elle n'a qu'à t'appeler. Cela coûte les yeux de la tête. Si ta mère avait quelque chose à te dire, elle le ferait.

– Il y a peut-être eu un bombardement à Bruxelles.

– En ce cas, tes parents sont morts, et puis voilà.

Adrienne serra les dents à cette idée.

– Est-ce que vous aimez maman ?

– On ne pose pas de telles questions.

Elle estima qu'elle avait sa réponse. Pour avoir confirmation, elle dit encore :

– Sur la peinture, maman vous ressemble un peu.

– Ta mère n'a jamais eu ma finesse, ma distinction et mon élégance. Aucune de mes filles n'a hérité de ma beauté aristocratique. C'est normal, mon mari n'était qu'un bourgeois.

– C'est quoi, un bourgeois ?

– Quelqu'un qui n'est pas comme moi.

La vie était décidément pleine de mystères.

– Vous avez eu combien d'enfants ?

– Cela suffit, cet interrogatoire. Tu demanderas à ta mère. Parlons plutôt de mes chats, c'est autrement intéressant.

La vieillarde énuméra les dynasties de félins qu'elle avait abritées. Elle se souvenait de noms si nombreux. Adrienne comprit qu'il y avait toujours eu beaucoup de chats à la fois.

– À présent, je n'en ai plus qu'un, parce que je suis seule et âgée. Mais Pneu compte pour trois, et pas uniquement par son poids. Il a une prestance, une majesté. Il ne tolérerait pas d'autres membres de son espèce.

– Est-ce qu'il vous aime ?

– Il supporte que je l'aime. C'est déjà beaucoup.

Le règne de Pneu durait depuis cinq ans. Il pourrait s'étendre sur beaucoup d'années encore.

– Il est mon ultime chat. J'espère tenir jusqu'à sa mort. S'il devait mourir avant moi, je l'accompagnerais.

Adrienne entendit qu'il y avait là une déclaration terrible et prit une expression grave. La grand-mère parut satisfaite de cette réaction.

– Je t'avais mal jugée, tu es intelligente. Ta mère ne l'est pas, tu tiens de ton père pour cela.

– Vous aimez papa ? demanda-t-elle avec étonnement.

– Modère ton propos, je n'aime personne à part Pneu. Mais ton père a de l'intelligence et de l'allure, il doit s'ennuyer à périr avec ma fille.

L'enfant ne se rappela pas avoir vu ses parents ensemble autrement que bataillant et hurlant. Non, ce n'était pas de l'ennui.

– J'étais opposée à ce mariage. Comment expliquer à Donatien, ton père, qu'Astrid était un déjeuner de soleil ?

– Qu'est-ce que c'est ?

– Le charme d'un printemps qui ne survit pas à l'été. Je crois que Jacqueline était déjà en chantier, je n'ai donc pas eu mon mot à dire.

Les paroles de Bonne-maman étaient obscures. Au moins s'adressaient-elles désormais à une personne qui avait rang d'interlocutrice. Adrienne avait conscience de ce prodige et s'appliquait à le mériter. Cela supposait d'avoir l'air de comprendre et de ne pas questionner sans cesse. Souvent, l'entendement prenait du temps. Il suffisait de laisser infuser le mystère dans sa tête et, quelques nuits plus tard, le sens apparaissait.

La vieillarde n'enfermait plus sa petite-fille.

– J'ai confiance en toi. Je vois que tu aimes Pneu. Que tu sais veiller sur lui.

Un jour que Bonne-maman était aux commissions, l'enfant eu un moment de distraction. Quand elle revint à elle, elle s'aperçut que Pneu n'était plus là. Elle avait laissé entrouverte la porte de la chambre : c'était un droit qu'elle n'avait pas.

Adrienne chercha le chat dans la maison entière. Comment un animal si volumineux avait-il pu se cacher ? Si la grand-mère rentrait sans qu'elle ait trouvé Pneu, elle sévirait. Mieux valait ignorer la nature de la sanction.

Comme elle passait par la salle à manger, elle eut une intuition : elle tira chaque chaise et l'une s'avéra lourde. La nappe qui pendait autour de la table rendait le chat invisible. Elle attrapa l'obèse et courut, ainsi lestée, accueillir sa grand-mère, juste à temps.

Attendrie par ce charmant tableau, celle-ci demanda :

– Tu aimes les chats ?

– Oh oui, Bonne-maman !

– Pourquoi n'y a-t-il pas de chat chez toi ?

– Je ne sais pas.

– Tu diras à tes parents que tu voudrais avoir un chat, n'est-ce pas ?

– C'est une bonne idée.

La vieille se prit pour la petite-fille d'une véritable affection. Plus de harengs au vinaigre au petit-déjeuner. Désormais, Adrienne eut seulement le bol de chicorée. Au goûter, elle avait droit à un verre de lait. Byzance.

Si la grand-mère avait cessé de l'enfermer, elle lui racontait pour se distraire les châtiments auxquels elle avait échappé et auxquels ses filles avaient goûté plus qu'à leur tour : la claustration au cabinet noir des après-midi entières. Elle poussa la précision jusqu'à montrer à la petite où elle l'eût enfermée sous l'escalier, dans un débarras où régnaient des ténèbres de suie. Rien que d'imaginer le séjour en ce lieu obscur inspira des cauchemars à l'exemptée.

Les vacances se poursuivaient, Adrienne s'accommodait de ses conditions de survie. La nuit, elle couvrait de baisers Maïzena en tentant de se rappeler le doux visage de sa mère. Son unique peur était que celle-ci oublie de venir la chercher. Elle n'osait pas interroger la vieille à ce sujet, devinant que tout signe d'impatience lui vaudrait des foudres.

Comment savoir la date ? Chez son aïeule, ni calendrier ni journal. L'enfant avait appris les lettres et les chiffres, elle aurait pu lire quel jour on était si cela avait été écrit quelque part. En allant dans la rue, elle aurait pu trouver ce renseignement. Mais sortir demeurait interdit.

– Bonne-maman, j'aimerais vous aider. Pourrais-je aller aux commissions à votre place ? Vous glisseriez la liste de courses dans le cabas, je la donnerais à l'épicier.

– Les pommes de terre, c'est trop lourd pour une gamine de ton âge.

– Je suis forte, répondit-elle en pliant le bras pour montrer des biceps imaginaires.

La vieille femme la dissuada avec une sollicitude qui en disait long sur sa méfiance. Adrienne comprit qu'il valait mieux ne pas insister.

Chaque matin, elle se réveillait en pensant : « C'est peut-être aujourd'hui. » Elle se demandait à quelle heure sa mère arriverait. Comme il fallait prévoir le retour à Bruxelles dans la journée, elle cessait d'espérer à partir de trois heures de l'après-midi.

Elle aurait voulu déterminer si l'on était en juillet ou en août. Le temps se déroulait de façon si bizarre que cette information appartenait à l'inconnaissable.

– Pourquoi n'écoutez-vous pas la radio ?

– Pourquoi l'écouterais-je ?

– Pour savoir si la guerre est finie.

– La guerre ne finira jamais. Nous sommes en 1942, la situation empire à vue d'œil.

– Vous êtes sûre que nous sommes en 1942 ?

– Évidemment. Nous sommes le 30 août 1942, un dimanche.

L'enfant dissimula son excitation. Maman avait dit qu'elle viendrait la rechercher à la fin du mois d'août. Pour modérer sa joie, elle songea que sa mère pourrait oublier. À Bruxelles, elle voyait beaucoup le beau monsieur. Quelle formule avait-elle trouvée pour triompher de l'adversité ?

« Tant mieux. » Elle se répéta indéfiniment : « Tant mieux, tant mieux. »

La nuit se déroula dans une angoisse insondable. Si maman était fidèle au rendez-vous, lui permettrait-elle d'emporter Maïzena ? C'était à sa grand-mère qu'elle devrait poser la question. Elle y répugnait pour une raison simple : celle-ci refuserait, c'était certain. « Je vais cacher Maïzena au fond de ma valise », résolut la fillette. Elle aurait dû le faire aussitôt, mais cela supposait de ne pas serrer la cuiller contre sa bouche jusqu'au matin. La petite s'endormit peu avant l'aube sans avoir mené à bien son plan.

Bonne-maman la réveilla avec brusquerie.

– Petit-déjeuner ! Debout là-dedans !

Avisant la cuiller en bois, la vieille la saisit de ce geste âpre et veule qui signifiait : « Ça m'appartient. »

– Maïzena ! cria l'enfant au désespoir. S'il vous plaît, rendez-la-moi.

– C'est à moi. Ta mère vient te chercher aujourd'hui, tu n'en as plus besoin.

– Vous non plus ! Vous ne cuisinez jamais !

– Impertinente ! On m'y reprendra à être généreuse avec toi.

Adrienne pleura dans son bol de chicorée. Furieuse, l'aïeule ne desserra pas les dents. Ce jour tant attendu fut un enfer.

Quand maman arriva enfin, la petite se jeta dans ses bras, les yeux encore rouges de larmes.

– Ma chérie, dit la belle jeune femme, que tu es maigre !

– Ça ne lui fera pas de mal, commenta la vieille.

– Bonjour, maman. Où sont les affaires de ma fille ?

– Qu'est-ce que j'en sais ?

Astrid monta dans la chambrette et réunit les rares choses que la petite avait retirées de son sac. Il régnait une odeur pestilentielle.

– C'est quoi, cette bassine d'eau croupie ? demanda-t-elle à Adrienne.

– Bonne-maman me l'a apportée le deuxième jour. C'est pour ma toilette.

Le bagage fut refermé et descendu au rez-de-chaussée.

– Ne traînons pas, dit maman. Le train part bientôt.

Après des adieux sommaires et secs, mère et fille partirent pour la gare. Adrienne, décomposée de chagrin, ne parvenait pas à parler.

Lorsqu'elles furent installées dans le compartiment, Astrid la questionna :

– Que s'est-il passé ?

La petite fille resta bouche bée. Comment raconter de telles vacances ? Au hasard, elle commença par les harengs au vinaigre avec le café au lait, le vomi remangé deux fois.

Maman rit de ce folklore.

– J'ai connu cela, moi aussi.

Une ombre passa dans la tête d'Adrienne, qui murmura : « Tu as connu cela et tu m'envoies chez cette sorcière ? » Mais l'enfant n'avait pas atteint l'âge de l'indignation. Elle parla des patates pour unique nourriture, de l'interdiction de sortir, du nettoyage en cachette au lavabo, des propos méchants.

Astrid sourit et dit :

– Et c'est pour ces bêtises que tu pleures ? Je croyais que tu étais une dure à cuire.

Alors, Adrienne avoua, en redoublant de sanglots, l'affaire Maïzena.

Maman demeura interdite.

– Une cuiller en bois ? J'en ai au moins quinze à la cuisine, je t'en donnerai une.

– Ce ne sera pas Maïzena. Je veux Maïzena ! hoqueta la petite.

– Arrête cet enfantillage, dit maman avec humeur.

Adrienne découvrit qu'elle était seule au monde. Si sa mère ne comprenait pas à quel point elle souffrait, personne ne la comprendrait. Elle décida qu'elle n'en parlerait même pas à sa sœur : « Ce sera mon secret », se murmura-t-elle. L'extrême douleur trouvait au moins une contrepartie : la noble solennité d'un trésor tu. Elle n'avait jamais eu de secret. Elle allait découvrir l'ivresse de la rétention d'une information qui lui semblait capitale. En serait-elle capable ? La formule magique scellerait cette résolution : « Tant mieux. » Un long silence marqua le coup.

– Tu n'as rien d'autre à me raconter ? demanda Astrid.

– J'ai rencontré Pneu.

– Qui est-ce ?

L'enfant expliqua. Elle se rappela que la grand-mère lui avait suggéré de dire à maman quelque chose de particulier :

– Pourquoi n'avons-nous pas de chat chez nous ?

Le visage d'Astrid se décomposa. D'une voix étranglée par la haine, elle finit par déclarer :

– Tu n'iras plus jamais chez cette ordure !

La petite vit que sa mère entrait en convulsions. La jeune femme tremblait, ses dents s'entrechoquaient, ses yeux démesurément ouverts inspiraient la peur. « On dirait qu'elle a un secret, elle aussi », pensa Adrienne avec effroi.

– Tu n'aimes pas les chats, maman ?

– Je les exècre.

La gamine n'avait jamais entendu ce verbe. Elle en comprit aussitôt le sens.

– Quand nous étions enfants, ta grand-mère nous convoquait, mes deux sœurs et moi, dans sa chambre, au moins une fois par semaine. Elle était au lit avec ses chats dans les bras, qu'elle dorlotait et cajolait. Elle disait à ses horribles bêtes : « Mes amours, voici mes filles. Je ne les aime pas. C'est vous que j'aime. » C'était gratuit, seulement pour nous faire souffrir. Tes tantes pleuraient, moi je serrais les dents.

– Pourquoi aime-t-elle tant les chats ?

– Je pense qu'ils lui évoquaient le luxe et qu'elle nous associait, mes sœurs et moi, à la misère, à la ruine. Pour nous punir de cette pauvreté dont elle nous rendait responsables, elle gâtait ses chats, les nourrissait somptueusement et nous affamait. Cela, nous l'aurions encore supporté. Mais qu'elle n'ait aucune affection pour nous et qu'elle couvre d'amour ces bestioles, avec ostentation, c'était intolérable.

– Aujourd'hui, elle n'a plus qu'un chat.

– À l'époque, elle en avait toujours trois : un par enfant. Il s'agissait de donner à chacun l'affection dont elle nous privait. Les chats étaient forcément des mâles, pour souligner leur supériorité sur ses trois filles.

– Quel âge avais-tu quand tes parents ont perdu leur fortune ?

– Dix ans. Déjà avant, ta grand-mère ne nous aimait pas. Sa vie lui inspirait une insatisfaction profonde. Ce n'était pas la fête perpétuelle que son mari lui avait promise. Pourtant, je me souviens d'une prospérité folle. Je pense que Bonne-maman a été écœurée d'avoir des filles. Elle détestait les femmes. Et puis ton grand-père a eu ce revers de fortune, et là, elle s'est mise à vouer une haine maladive à son entourage. Elle ne cessait d'inventer des manières de nous punir de l'échec qu'elle subissait.

– Bon-papa ne vous protégeait pas ?

– Il n'aurait pas osé. Il avait tellement honte de sa déchéance. On ne le voyait plus à la maison. Quand il apparaissait, maman l'accablait d'insultes. C'est aussi pour cela qu'il est mort si tôt. Son existence était devenue un enfer.

– Comment Bonne-maman trouvait-elle de quoi gâter ses chats s'ils n'avaient plus d'argent ?

– Elle aurait pu nous laisser crever de faim. Elle ne pensait qu'à eux.

– Maman, ce n'est pas la faute des chats.

– Ça m'est égal. Je les hais. C'est comme ça.

Adrienne sentit qu'il y avait là une fin de non-recevoir. Elle sut aussi que Bonne-maman lui avait transmis ce message dans le seul but de faire souffrir sa mère.

– Quand tes tantes et moi nous sommes mariées, ta grand-mère a pu vendre le gourbi où nous habitions et rejoindre Gand. Lorsqu'elle a quitté Tournai, il n'y a pas eu un seul Tournaisien pour ne pas soupirer de soulagement. Elle rendait cette ville responsable de son malheur et le lui faisait payer de mille manières. C'était une langue de vipère comme il n'y en a pas. Elle disait que les Tournaisiens étaient de sales péquenots qui n'arrivaient pas à la cheville des Gantois.

– Alors pourquoi ne sort-elle jamais de sa maison ?

– Bonne-maman est incapable d'aimer rien ni personne sauf les chats. Au fond, c'est cela le pire. Si vraiment elle n'avait rien aimé, j'aurais pu accepter. Mais elle aimait et aime les chats. C'est de l'amour à l'état pur. Elle se donnait en spectacle devant ses enfants pour qu'elles sachent ce dont elles ne jouiraient jamais. Tu sais comme c'est important, l'amour d'une mère.

– Oui, dit la petite en se blottissant contre elle.

– Si j'avais fait avec maman ce que tu fais, elle m'aurait repoussée en m'invectivant, ajouta Astrid en étreignant sa fille.

Adrienne eut un frisson. L'espace d'un instant, elle éprouva la douleur de sa mère et découvrit son absence de limite.

– Imagine qu'après t'avoir repoussée j'aie câliné un chat et l'aie couvert de baisers. Est-ce que tu n'aurais pas pris cette bête en horreur ?

La petite ne répondit pas parce qu'elle ne savait pas. Elle n'en était pas sûre. C'était injuste. Elle n'ignorait pas qu'il se produisait des choses injustes. Ce qu'elle ne pouvait pas déterminer, c'est si cette injustice aurait pu prendre corps en elle.

De retour à la maison, Astrid annonça qu'on ne verrait plus Bonne-maman.

– Tu as raison, notre Adrienne est toute maigrelette, dit papa en serrant sa fille dans ses bras.

Maman se lança dans le récit des turpitudes qu'avait subies leur enfant. Celle-ci remarqua qu'elle s'indignait des épisodes qui, dans un premier temps, l'avaient amusée.

– Des harengs au vinaigre avec du café au lait au petit-déjeuner, aucun estomac sur terre ne peut le supporter ! Et elle l'enfermait à double tour. Elle ne la nourrissait pas, ni ne lui donnait de quoi se laver.

– Est-ce qu'elle te traitait déjà comme cela quand tu étais enfant ? demanda Donatien.

– Pas à ce point. Si j'avais pu soupçonner qu'elle martyriserait notre fille, je ne la lui aurais jamais confiée.

– Tu oublies de raconter le pire, maman.

En guise de réponse, Astrid la fusilla des yeux.

– Vas-y, je t'écoute, dit papa.

– Elle m'a confisqué Maïzena !

L'enfant vit le soulagement de sa mère.

– Qui est Maïzena ? demanda papa.

– C'est des bêtises, intervint Astrid, les yeux au ciel.

– Raconte-moi, insista Donatien.

Adrienne expliqua que cette cuiller en bois avait été sa meilleure amie et son doudou pendant l'interminable séjour.

– Je n'aurais jamais pu dormir sans elle, conclut-elle en sanglotant.

Le père eut l'air de comprendre.

– Quelle horrible femme ! Je vais à Gand récupérer Maïzena, dit-il.

– Je te le défends, déclara Astrid. Je ne veux plus qu'aucun d'entre nous ait le moindre contact avec elle.

C'était sans appel.

Adrienne eut honte d'avoir trahi son secret. « Je m'étais juré de ne plus jamais parler de Maïzena. Mais j'ai réussi à garder le secret de maman. »

La rentrée scolaire rendit la vie plus ordinaire. En maternelle, Adrienne retrouva des fillettes qu'elle avait rencontrées au bac à sable. Elle les fréquentait sans timidité. L'une d'elles s'appelait Margareth, elle était très belle et tirée à quatre épingles.

– Je veux que tu sois ma meilleure amie, lui déclara Adrienne.

– D'accord.

Marché conclu. Ainsi, Adrienne donnait la main à Margareth pour les sorties au parc et avait le droit de lui toucher les cheveux.

– Il paraît que tu es la meilleure amie de Margareth, dit papa qui prononçait ce prénom à l'anglaise.

– Comment le sais-tu ?

– C'est sa mère qui me l'a dit.

Le père eut le clin d'œil qui signifiait que c'était sa belle madame. La mère avait le même pour désigner quelqu'un comme son beau monsieur. Papa et maman avaient des mœurs étranges. Alors qu'ils incarnaient chacun la splendeur, ils préféraient choisir une belle madame ou un beau monsieur extérieurs à leur union, et donc forcément moins magnifiques. Ce secret était si mal gardé que maman savait et que papa savait – le bouche à oreille ne tardait jamais à les en informer. Au lieu de tirer argument de son propre comportement pour le comprendre, chacun en concevait une colère qui éclatait souvent :

– Si tu crois que je ne suis pas au courant des jupons que tu fréquentes !

– Tu es bien placée pour me le reprocher.

Les deux sœurs dormaient ensemble et étaient réveillées plus qu'à leur tour par des disputes. La grande sœur pleurait, la petite demandait :

– Pourquoi ils se disputent ?

– Ils se disputent parce qu'il y a un beau monsieur et une belle madame. S'il n'y en avait pas, ils seraient contents, ils iraient au restaurant ensemble. Je crois que papa et maman ne s'aiment pas, dit Jacqueline avec gravité.

Adrienne réfléchissait à cette assertion. Comment un homme et une femme aussi merveilleux pouvaient-ils ne pas s'aimer ?

Elle posa la question à sa mère.

– Pourquoi n'aimes-tu pas papa ?

– Qu'est-ce que tu racontes ? J'aime ton père.

– Alors pourquoi vois-tu le beau monsieur ?

– Tu comprendras quand tu seras grande.

Elle espéra tirer de son père des renseignements plus clairs :

– Pourquoi n'aimes-tu pas maman ?

– J'ai aimé ta mère.

– Tu ne l'aimes plus ?

– C'est compliqué.

Papa emmenait régulièrement Adrienne jouer chez Margareth. Il en profitait pour voir sa mère, Daisy. Quand les fillettes venaient goûter avec les adultes, Daisy et Donatien parlaient anglais.

– Tu comprends ce qu'ils racontent ? demanda Adrienne.

– Non, dit Margareth.

– Ta maman devrait t'apprendre sa langue.

– Ce n'est pas sa langue. Le vrai nom de maman est Christiane, elle préfère qu'on l'appelle Daisy.

L'anglomanie était une mode à Bruxelles à cette époque. Les gens qui ne parlaient pas l'anglais affectaient d'avoir l'accent britannique en tapant leurs *t* et leurs *d*, trahissant ainsi leur profonde ignorance de cette langue.

Maman, par dérision, disait à sa fille :

– Tu es allée gouther chez Dhaisy ?

– C'était pour jouer avec Margareth.

– Ton père est culotté !

Il fallait reconnaître que maman, elle, n'emmenait pas sa fille chez son beau monsieur.

Depuis la rupture avec Bonne-maman de Gand, Astrid avait changé. Elle était sombre et nerveuse. Adrienne pensait que si un jour elle rompait avec sa propre mère, elle en mourrait de chagrin. C'est ainsi qu'elle s'expliquait la nouvelle noirceur maternelle.

Un matin, un voisin frappa à la porte et demanda à la petite fille si elle avait vu son chat.

– Non, dit-elle. Pompon est parti ?

– Je ne l'ai plus vu depuis une semaine. C'est la première fois qu'il fugue si longtemps.

Adrienne interrogea les siens au sujet de Pompon. Personne ne l'avait vu. Maman eut l'air bizarre et l'enfant se rappela qu'il valait mieux éviter le sujet.

Au cours du mois suivant, elle remarqua en rentrant de l'école qu'il y avait parfois des affichettes collées au mur des immeubles : « Cherche Mistigri, chat noir, disparu depuis deux semaines » ou : « Léon, siamois, si vous me le ramenez, grosse récompense. »

L'idée de la grosse récompense intéressa la gamine. Où qu'elle aille désormais, elle ouvrait l'œil. Elle pouvait rester des heures à la fenêtre de sa chambre, à scruter le boulevard. En vain.

Les fillettes bavardaient au lit avant de s'endormir.

– Martine a perdu son chat, dit Jacqueline.

– Encore un !

– Les chats disparaissent. Martine pense que les gens ont faim à cause de la guerre. Elle a peur qu'on ait mangé Tintin.

Adrienne rêva de choses bizarres. Maman se cachait en dissimulant dans ses bras un colis bruyant. Quand elle revenait, elle avait les mains libres et le visage content.

L'enfant n'y vit le signe de rien. Des mystères, il n'en manquait pas. Par exemple, pourquoi la guerre n'était-elle pas encore finie, alors que les Allemands avaient gagné ?

– Parce que tout le monde ne s'est pas rendu, répondit papa avec gravité.

– Qui ne s'est pas rendu ?

Donatien se mit un doigt sur les lèvres. La petite imagina alors qu'avec Daisy, au lieu de boire du thé en l'embrassant, son père complotait.

Elle entendit ses parents se disputer d'une nouvelle manière :

– Tu me vouvoies maintenant !

– Vous savez pourquoi. S'il existait une façon de parler qui nous éloignerait davantage, j'en userais.

– Ne compte pas sur moi pour t'emboîter le pas. Nous sommes un ménage, nous avons des enfants, nous nous tutoyons.

– Que vous alliez courir la prétentaine avec n'importe qui, cela m'est égal. Mais avec ce collabo !

– Il est gentil, lui au moins.

– Il en a les moyens, avec ce que l'occupant lui verse à chaque délation.

Adrienne ne comprenait pas ce que cela voulait dire. Il y avait trop de mots inconnus. Elle demanda à Margareth si ses parents s'aimaient.

– Oui. Papa dit que maman est la lumière de ses jours.

– Et ta mère ?

– Elle dit que papa est gentil.

Voilà, pensa Adrienne. Gentil, c'était ainsi qu'Astrid parlait du nouveau beau monsieur. L'enfant ne tarda pas à le rencontrer. Il était corpulent, avec un costume magnifique et des souliers qui brillaient.

– Tu m'appelleras tonton Louis.

Et il lui offrit des cuberdons. C'est vrai qu'il était gentil. En sa présence, maman avait les yeux doux et le sourire immédiat.

Adrienne le compara au père de Margareth. Sa gentillesse à lui était très différente de celle de tonton Louis. Il s'exprimait avec une amabilité extrême, surtout quand il parlait à Donatien.

Ce mystère l'intriguait moins que celui des chats. Le temps passait, on ne retrouvait aucun minet. D'autres s'évaporaient.

La petite fille écrivit une lettre à sa grand-mère gantoise :

« Chère Bonne-maman,
Ne venez pas ici avec Pneu. Il serait enlevé.
Je vous embrasse, Adrienne. »

Elle donna la missive à Astrid, qui la lut et éclata de rire :

– La vérité sort de la bouche des enfants.

La gamine se demanda pourquoi c'était drôle.

– Tu enverras la lettre, n'est-ce pas, maman ?

– Bien sûr. Mais tu sais, ta grand-mère ne risque pas de venir à Bruxelles. Pour elle, aller plus loin que l'épicerie, ça n'existe pas.

Le lendemain, Adrienne retrouva son courrier, déchiré en plusieurs morceaux, dans un cendrier.

Margareth avait un chat de luxe, un animal superbe et hautain appelé Bishop. Les deux amies lui prouvaient leur affection en lui prodiguant des caresses délicates entre les oreilles.

– Tu n'as pas peur pour lui ? demanda Adrienne.

– Non. Il ne quitte pas notre maison, il est à l'abri.

Daisy arriva à ce moment-là avec Donatien. Ils contemplèrent les fillettes.

– J'adore les chats, dit Daisy. Les chats, c'est la féminité.

Adrienne n'avait jamais entendu ce mot, le comprit et en ressentit de l'excitation. Elle rêva de le prononcer et en chercha l'occasion. De retour chez elle, sa mère ayant ouvert un album de photos où l'on voyait deux amies sur une balancelle, elle demanda :

– Maman, est-ce que tu aimes la féminité ?

– Quelle idée ! Non, je déteste.

– Pourtant, tu es une femme.

– C'est mon pire défaut et je ne l'ai pas choisi.

– Moi aussi, je suis une femme.

– À ton âge, tu n'es pas une femme.

Ce dernier propos la rassura. Elle ne risquait donc rien. En revanche, elle se mit à avoir très peur pour Bishop. Chaque matin, quand elle retrouvait Margareth à l'école maternelle, elle lui demandait des nouvelles de son chat.

Elle entendit Daisy parler avec son père :

– Je ne peux pas ne pas inviter Astrid à ce cocktail. La politesse m'y oblige.

– Vous êtes au courant que mon épouse a une liaison avec le gros Louis ?

– Certes. Et cela m'écœure. Vous savez, Donatien, que je ne peux pas contrevenir aux usages.

– Madame, ne l'invitez pas ! s'écria Adrienne.

– Pourquoi ne veux-tu pas que j'invite ta maman, mon ange ?

– C'est trop dangereux.

Les adultes éclatèrent de rire. L'enfant, qui brûlait d'alerter sans dénoncer, ajouta :

– Si vous invitez maman, alors invitez-moi aussi. Je la surveillerai.

L'hilarité redoubla.

– Ma chérie, je t'adore mais je ne peux pas t'inviter. Cela m'obligerait à convier aussi tous les autres enfants, ce n'est pas possible.

Le cocktail aurait lieu deux semaines plus tard. La petite entra en résistance.

– Maman, que mettras-tu pour aller chez Daisy ?

– Cela t'intéresse et tu as bien raison, dit Astrid, qui jubilait. Je te promets que je vais être la plus belle. Je serai beaucoup plus belle que la maîtresse de maison.

– Tu es toujours plus belle qu'elle, même habillée normalement.

– Tu as remarqué aussi ? C'est vrai. Daisy a du chic mais ce n'est pas une beauté. Elle est maigre, elle a de vilains traits, il faut être aveugle pour ne pas s'en apercevoir.

– Est-ce que tonton Louis t'accompagnera ? espéra Adrienne.

– Penses-tu ! Les vierges effarouchées dédaignent tonton Louis sous prétexte qu'il a une attitude réaliste avec l'occupant. Attends qu'ils manquent de tout et ils changeront d'avis.

L'enfant sombra dans le découragement. La présence de tonton Louis aurait empêché maman de commettre le pire. Sans garde-fou, on courait à la catastrophe.

Elle dit à Margareth de confier le chat à une voisine pendant le cocktail.

– Tu ne connais pas Bishop, répondit son amie. Il adore les réceptions, maman dit que c'est un chat mondain.

C'était fichu.

Le 17 janvier, Adrienne eut cinq ans. Quand on lui demanda ce qu'elle voulait comme cadeau, elle répondit : « Maïzena. »

– Tu es trop bête, dit Astrid.

L'anniversaire fut aussitôt oublié au profit du cocktail.

Le 24 janvier 1943 était un dimanche. Ce matin-là, la petite s'éveilla avec la conscience du drame qui se préparait et de son impuissance à l'empêcher.

Elle accompagna sa mère à l'église. En chemin, elle lui demanda si elle croyait en Dieu.

– Quelle idée ! répondit Astrid.

– Alors pourquoi vas-tu à la messe ?

– On ne sait jamais.

L'enfant pria pour qu'un miracle s'accomplisse. À cinq ans, on a forcément la foi.

C'était un hiver terrible. Adrienne suggéra que Daisy annule la réception pour cause de froid.

– Aucune raison, ce n'est pas une garden-party, dit Donatien.

C'était mal engagé.

Voyant l'air triste de sa fille, maman l'invita à assister à sa mise en beauté si elle le souhaitait.

– Toi au moins, ça t'intéresse, ce n'est pas comme Jacqueline, qui a toujours le nez dans ses bouquins.

Elle commença par se maquiller longuement et savamment, expliquant qu'il fallait procéder dans cet ordre afin de ne pas salir la robe.

Astrid possédait des produits Guerlain, ils sentaient si bon que c'était un rêve.

– Cadeau de tonton Louis, commenta-t-elle.

Quand elle eut achevé de peindre son visage, elle enfila le fourreau de velours noir qui épousait à la perfection ses formes élancées.

– Tu es trop belle, maman ! s'écria la petite qui pensa qu'un tel vêtement interdisait d'y cacher quoi que ce soit.

Le manteau, lui aussi, était ajusté. Adrienne reprit espoir.

– Et comme sac de sortie, celui-ci, conclut Astrid en brandissant une vaste besace de velours.

– C'est trop grand, dit l'enfant, qui vit revenir le danger.

Elle courut chercher le réticule.

– C'est beaucoup plus joli, affirma-t-elle.

– Non, dit maman, la besace est de la même matière que la robe. Les sequins du réticule, ce serait un contraste de mauvais goût.

– Je ne trouve pas.

– Ma chérie, tu as cinq ans. À ton âge, on préfère ce qui brille. Tes goûts vont évoluer.

La petite fille sut que c'était perdu.

Donatien ne put réprimer un regard admiratif lorsqu'il vit la splendeur de son épouse. Celle-ci n'en perdit pas une miette et son triomphe la rendit encore plus sublime.

Le couple partit et Adrienne, exsangue, commença à imaginer. Elle vit ses parents arriver dans la somptueuse demeure, Astrid enlever son manteau et révéler une beauté exagérée, Daisy, polie, la complimenter. Elle vit la soirée, les flûtes de champagne, maman superbe promenant partout sa silhouette afin que nul n'ignore qui était la reine.

« Pourquoi n'ai-je pas suggéré à Margareth de garder Bishop dans sa chambre ? » se demanda-t-elle. La réponse lui sauta à l'esprit : parce que Margareth l'aurait alors questionnée jusqu'à comprendre. Comment protéger à la fois la victime et la coupable ?

La suite du fantasme devenait indéchiffrable. Maman quittait les lieux de la réception pour aller se rafraîchir et se lançait dans la recherche furtive du chat. Si elle croisait quelqu'un, elle souriait d'un air confus : « Où sont les toilettes ? »

Il demeurait une possibilité : qu'Astrid ne trouve pas Bishop. L'enfant se concentra sur cette hypothèse afin de la faire advenir.

Jacqueline l'appela à table.

La grande sœur de sept ans s'enorgueillissait d'avoir mis le couvert à la cuisine. Il y avait des sprats, de l'oignon cru et du pain sec. La petite grimaça.

– D'habitude, tu te jettes sur ton assiette, commenta Jacqueline.

– Je n'ai pas faim.

– Moi, je n'ai jamais faim. Je comptais sur toi pour manger ma part.

En 1943, même les enfants avaient trop conscience de la rareté de la nourriture pour s'en débarrasser en cachette. Elles rangèrent les aliments dans le garde-manger.

– Nous devrions aller nous coucher, déclara la grande sœur.

– Je voudrais tellement voir rentrer papa et maman, dit Adrienne.

– Maman est sûrement la plus belle dame, soupira Jacqueline, qui souffrait de ne pas être aimée de sa mère.

En effet, Astrid ne supportait pas la nervosité maladive et la maigreur de son aînée. Quand il fallut en plus lui procurer des lunettes, elle clama d'une voix furieuse qu'on avait trop de problèmes avec elle. Donatien ne parvenait pas à protéger Jacqueline des propos vipérins que son épouse ne cessait de lui adresser. Son refrain favori consistait à la comparer avec Adrienne, au bénéfice de celle-ci. C'était un miracle que la grande sœur continue d'aimer la petite dans ces conditions.

– Pourquoi est-ce que je ne ressemble pas à maman ? soupira Jacqueline.

– Tu ressembles à papa, c'est mieux.

– Je ne ressemble pas à papa, il est beau et intelligent.

– Tu es très intelligente, répondit Adrienne qui se rendit compte trop tard de sa maladresse.

L'aînée, pas rancunière, prit la petite dans ses bras :

– Toi, tu as la beauté de maman et l'intelligence de papa.

– Je ne suis pas intelligente, protesta Adrienne, qui savait qu'elle avait eu des semaines pour inventer une stratégie de salut pour Bishop et qu'elle n'avait rien trouvé.

Il lui sembla que la soirée s'éternisait.

Enfin la porte s'ouvrit.

– Et alors, les filles, vous n'êtes pas couchées ? dit Donatien.

– On voulait vous accueillir, dit Jacqueline.

Adrienne se précipita sur sa mère et d'un geste subreptice, tâta la besace. Elle était vide. Son soulagement ne dura pas : elle leva les yeux et vit le regard de triomphe de cette belle femme. Elle sut alors que le pire avait été accompli.

– Avez-vous passé une bonne soirée ? demanda l'aînée.

– Merveilleuse, dit papa. Votre mère était la reine de beauté du cocktail, ajouta-t-il, fair-play.

– C'est pour ça que tu es si heureuse, maman ? interrogea Adrienne.

– Comme si je ne le savais pas ! répondit avec ironie la championne de modestie.

« Elle l'a tué », conclut la petite sans plus l'ombre d'un doute.

Restait à déterminer où était le cadavre. Maman avait dû s'en débarrasser. La nuit fut un long cauchemar. Adrienne déclinait toutes les méthodes d'assassinat : Astrid dérobant un couteau de cuisine pour égorger Bishop ; Astrid noyant Bishop dans les cabinets ; Astrid étranglant Bishop et le lançant par la fenêtre dans le jardin ; Astrid donnant une capsule de poison à Bishop et cachant la dépouille à la cave. Etc.

Le lendemain, Adrienne n'osa pas interroger Margareth au sujet du chat. L'amie s'étendit avec joie sur le succès du cocktail de ses parents.

– Je n'ai pas eu le droit de sortir de ma chambre, mais j'ai tout entendu.

Cela ne signifiait rien. Pourtant, Adrienne se reprit à espérer. Le surlendemain, rien ne fut signalé.

Le mercredi suivant, Margareth déclara en pleurs que le chat avait disparu.

– Depuis quand ? demanda Adrienne d'un ton anodin.

– On ne sait pas.

L'enfant coula au fond de la certitude. Elle ne savait pas comment sa mère avait étripé Bishop, mais il lui parut clair qu'Astrid avait eu le cran de le liquider et d'enfoncer le corps dans sa besace de velours noir. Cette idée hallucinait d'effroi la petite fille.

– Peux-tu me prêter ta besace, maman ? Je voudrais me déguiser en toi.

– Ma chérie, je te promets qu'un jour tu seras très belle, sourit la mère.

– Et la besace ?

– Elle est au pressing, j'avais renversé un peu de vin dessus.

« Elle nettoie les preuves », pensa Adrienne. À quoi bon chercher la confirmation de ce qu'elle savait ?

Daisy était au désespoir. Elle pleurait dans les bras de Donatien.

– Je ne comprends pas ce qui s'est passé. J'aimais Bishop comme jamais je n'ai aimé un chat.

– Darling, il va revenir.

– Ne me dites pas cela. Ce n'est pas la vérité. Il faut que j'accepte cette disparition.

Quand Adrienne allait jouer chez Margareth, elle trouvait la maison en un deuil qu'elle partageait, car elle aussi avait adoré ce chat si particulier. Sa consolation consistait à constater que personne ne soupçonnait sa mère. Elle ne l'aurait pas supporté. Pour autant, savoir que maman était la meurtrière de Bishop était intolérable. Adrienne se réveillait la nuit avec ce supplice dans l'âme.

Jusqu'alors, ce qu'elle avait connu de plus dur, dans sa vie, c'était manger son vomi chez Bonne-maman de Gand. Elle y était arrivée grâce à sa formule magique. Il fallait qu'elle l'essaie à nouveau, elle ne pourrait pas continuer avec ce fardeau.

Elle se concentra et murmura la formule de toute sa ferveur : « Tant mieux. »

« Tant mieux. Maman, après avoir tué vingt chats du quartier, a assassiné Bishop, mon meilleur ami chat, celui de ma meilleure amie. » Ce « tant mieux » ne voulait rien dire. « Je m'en fiche, je m'en sers quand même, parce que je veux continuer à aimer maman. Tant mieux : elle a agi pour le compte de forces obscures que je ne peux pas comprendre. J'ai déjà remarqué que maman n'est pas uniquement gentille. Avec Jacqueline, elle est carrément mauvaise. Tant mieux : maman fait des choses horribles, elle a ses raisons. C'est tant mieux quand même. »

À force de marteler la formule magique, Adrienne constata un peu de lumière en elle. Un frisson de sens jaillissait du néant. Elle n'alla pas jusqu'à nommer cette lueur, ce n'était pas nécessaire, elle n'avait pas envie de penser le mot « mal », une sorte de précaution l'en empêchait. S'avouer l'appartenance de maman au mal serait inexact, un instinct l'en avertissait, ce n'était pas si simple.

Tant mieux : elle avait eu raison de l'invoquer. Elle plaçait son existence entière sous la bannière de cette formule.

D'avoir réussi à utiliser cette clef dans une serrure qui ne lui était pas destinée força le cerveau d'Adrienne. À son insu, ses méninges en subirent un dommage étrange.

Ce que l'enfant avait découvert au sujet de sa mère portait un nom qu'elle ignorait : la duplicité. Maman était double, une part d'elle lui échappait.

Pour la rejoindre en des régions aussi ténébreuses, un phénomène identique se produisit en elle : une autre surgit qu'elle ne connaîtrait jamais, qu'elle ne rencontrerait pas. Le double naquit en Adrienne la nuit de son acceptation de la duplicité maternelle. L'enfant n'aurait jamais accès à cette autre qui pourtant agirait si souvent à travers elle et parlerait par sa bouche. Mais grâce à l'autre, Adrienne pourrait aimer sa mère encore plus qu'auparavant. Le plus étonnant fut que celle-ci s'en aperçut et ne s'en irrita pas.

– Tu es comme moi, toi, dit-elle à sa fille.

La petite le reçut comme l'éloge le plus démesuré. Elle savait pourtant que cela supposait une capacité à nuire qu'elle ne possédait pas et dont elle ne souhaitait pas l'usage. Il n'empêche, la simple idée de ressembler à sa mère la ravissait.

La disparition d'un chat de salon entraîna plus de conséquences que celle des matous du quartier. Il y eut une véritable enquête. Les domestiques de Daisy furent interrogés et fouillés. On eût aimé agir de même avec ceux qui avaient été invités au cocktail, mais la bienséance l'interdisait. La maîtresse de maison se contenta de téléphoner à chacun.

C'est ainsi qu'Adrienne entendit sa mère répondre :

– Allô, Daisy ? Bonjour, ma chérie, que me vaut cet honneur ? Merci encore pour cette soirée délicieuse, j'en conserve un souvenir exquis. Ah, oui, oui, j'ai entendu la triste nouvelle. Comment s'appelait-il ? Bishop. Non. Non, je ne l'ai pas vu. Je dois vous avouer, très chère, que j'ai depuis toujours une sainte horreur des chats. Oui. Je sais. Enfin bref, quand je vois un chat, je m'écarte. Donc, malheureusement, je ne peux pas vous aider. Oui. Bien sûr, si j'entends quoi que ce soit, je vous appelle aussitôt. Allons, ma chère, courage. C'est cela. Je vous embrasse. Au revoir !

L'enfant scruta le visage d'Astrid qui raccrochait. À peine une lueur de jubilation. Elle admira qu'elle utilise pour s'innocenter l'argument qui la désignait comme coupable.

On ne retrouva jamais Bishop. L'affaire fut classée sans suite. Adrienne se réjouit que personne ne soupçonne Astrid, elle ne l'eût pas supporté.

– Allez-vous adopter un nouveau chat ? demanda-t-elle à Margareth.

– Non. Maman dit qu'on ne pourra jamais le remplacer. Elle avait une passion pour Bishop.

L'enfant considéra cela comme une sage décision. Ainsi, en cas de réception ultérieure, il n'y aurait pas de rapt. Astrid ne serait pas incriminée.

Entre ses parents, la tension ne cessait de croître. Les disputes étaient de plus en plus fréquentes. Quand le ton montait, Jacqueline prenait sa sœur par la main et l'entraînait dans leur chambre.

– C'est des histoires d'adultes, disait-elle.

– Je voudrais protéger maman, disait la petite.

– Elle ne risque rien, voyons.

Adrienne n'en était pas sûre, papa avait changé. Elle colla son oreille à la porte et entendit un bruit sourd suivi d'un cri.

– Il la bat ! dit-elle.

Jacqueline se boucha les oreilles et commença à pleurer. Adrienne courut au salon et serra sa mère dans ses bras.

– Va-t'en ! dit celle-ci d'une voix rauque.

La petite se retourna et vit le visage, hagard de violence, de son père. Elle eut une attitude qu'elle ne voulut pas : elle poussa un hurlement qui n'avait rien d'humain.

Donatien changea aussitôt d'expression.

Malheureusement, ce genre d'horreur se reproduisit. Au milieu de la nuit, la petite était parfois réveillée par des bruits et des cris significatifs.

Il advint qu'elle se leva et que Jacqueline la retint :

– Pourquoi veux-tu sortir ?

– Je vais prendre la poêle à frire et taper sur la tête de papa, rugit-elle d'une voix méconnaissable.

Jacqueline la ceintura de ses bras et Adrienne dut admettre que si même sa sœur malingre parvenait à l'en empêcher, elle ne serait pas de taille à affronter son père.

La petite se recoucha. Désormais, cette pulsion devint son obsession. Elle rêva la nuit, de façon récurrente, qu'elle assommait son père à coups de poêle à frire. Et quand elle n'en rêvait pas, elle y pensait avec fureur.

Pourtant, elle aimait papa. Elle l'admirait, elle était fière quand il lui tenait la main dans la rue. Elle remarquait que les pères des filles de l'école n'avaient pas l'allure et le chic de Donatien.

Jacqueline lui confirma que les pères des filles de sa classe avaient l'air de moins que rien comparés à papa.

– Pourquoi frappe-t-il maman, alors ? demanda sa sœur.

– Je ne sais pas. Les parents devraient divorcer.

– Qu'est-ce que c'est ?

La grande sœur expliqua que, quand des parents ne se supportaient plus, ils pouvaient se séparer. Chacun allait vivre de son côté.

Adrienne trouva cela épatant et courut avertir son père de cette possibilité.

– Je suis au courant, dit-il avec un sourire. Mais ta mère et moi, nous ne divorcerons pas.

– Pourquoi ?

– C'est compliqué. Et puis, on ne brise pas un ménage.

– C'est quoi ?

– C'est ce que je forme avec ta mère. Notre ménage ne fonctionne pas bien, mais c'est quand même un ménage.

La petite avait la bouche qui lui démangeait de dire à son père de ne plus taper sur sa mère. Depuis qu'à son insu une part d'elle vivait à l'écart, elle ne se sentait plus capable de telles déclarations. En vérité, c'était elle qui avait divorcé d'avec elle-même.

La seule à le soupçonner fut sa mère, qui l'observait en coin. Elle sentit que quand sa fille piquait des crises, elle n'était plus elle-même. Elle l'en informa avec sa rudesse coutumière :

– Ma chérie, tu peux mentir, mais je t'interdis de devenir cinglée.

– Je ne mens pas.

– C'est bien ce que je craignais. Prends exemple sur moi : je ne m'oublie jamais quand je mens.

– Quand mens-tu ?

– Une menteuse qui signale son mensonge n'est plus une menteuse.

Adrienne ne retint de ces propos obscurs que : « Prends exemple sur moi ».

« Maman, tu es mon exemple. Je t'aime et je t'admire encore plus que papa. L'unique chose que je ne veux pas faire comme toi, c'est les chats. Je ne sais pas comment tu les tues, je le découvrirai, je ne t'imiterai pas. »

Les vacances d'été arrivèrent soudain.

– Tu iras chez Bonne-maman de Bruges avec ta sœur, dit maman.

– Ce ne sera pas trop fatigant pour elle ?

– Penses-tu, elle se porte comme le Pont-Neuf, assura Astrid.

L'enfant se demanda pourquoi ce n'était pas le cas l'été précédent. Elle éprouva du chagrin à l'idée de ne plus revoir Pneu, le chat de Gand, mais la perspective de vivre deux mois chez la si gentille Bonne-maman de Bruges, dans cette somptueuse demeure, sans être séparée de Jacqueline lui sourit.

– Maman, veux-tu divorcer de papa ? interrogea-t-elle par acquit de conscience.

– Quelle idée ! Jamais !

– Pourquoi ?

– J'aime ton père.

Ce fut déclaré avec tant de conviction que la petite l'assimila profondément : maman aimait papa. Qui l'eût cru ? La nouvelle l'abasourdit au point qu'il lui fallut plusieurs jours pour réfléchir à la réciproque.

Elle eut l'instinct qu'interroger maman à ce sujet serait cruel. Comme papa conduisait ses filles à Bruges dans son automobile, elle lui demanda à brûle-pourpoint :

– Est-ce que tu aimes maman ?

Jacqueline lui donna un coup de coude indigné. Donatien répondit avec un sourire :

– Non.

– Ah. Maman t'aime. Elle me l'a dit.

– Elle croit qu'elle m'aime.

– C'est déjà bien.

– Ma chérie, ces conversations ne sont pas de ton âge. Il faut que tu passes de bonnes vacances.

Tu vas rentrer à la grande école en septembre, tu devras être en forme.

Cet horizon déplaisait à la petite, qui aurait six mois d'avance. À un âge où une demi-année paraît l'infini, il y avait de quoi s'inquiéter. Mais Margareth serait dans la même classe, et il n'était pas question de se séparer de son amie.

À leur arrivée, Bonne-maman de Bruges prit les deux sœurs dans ses bras en s'extasiant devant leur beauté. Ensuite, elle étreignit son fils comme s'il revenait de la guerre.

Adrienne eut l'impression de découvrir cette belle maison jouxtant le Grand Canal, qu'elle n'avait qu'entrevue par le passé. Il y régnait une odeur de cire d'abeille, car la femme de ménage faisait briller les parquets. Les fenêtres de vitrage ancien donnaient chacune sur des vues somptueuses, on avait le droit de les ouvrir, et on tutoyait alors la vieille ville.

Chaque enfant avait sa chambre. Adrienne ne savait pas qu'elle pourrait dormir sans sa sœur. Elle en fut à la fois heureuse – Jacqueline bruxait à longueur de nuit – et perplexe – une chambre inconnue sans une présence amie. Mais Bonne-maman de Bruges avait assis sur son lit une poupée superbe qui lui coupa le souffle.

– C'est pour toi, ma chérie.

– Comment s'appelle-t-elle ?

– C'est à toi de décider.

La poupée avait des boucles blondes et une robe de dentelle, des socquettes blanches et des souliers à brides. Une telle apparition devait porter un prénom à sa hauteur.

– Elle s'appelle Perséphone, déclara Adrienne.

– Tu connais Perséphone ? s'émut l'aïeule.

– Maintenant, oui.

Bonne-maman de Bruges était aidée par un personnage éminent, du nom de Flora, qui veillait à l'ordre domestique comme un satrape sur sa province. Flora avait la force d'une divinité et parfois sa bienveillance.

Elle servait les plats à table et ne tolérait pas que qui que ce soit, Madame incluse, ne termine pas son assiette. Par bonheur, elle cuisinait admirablement et Adrienne attendait les repas avec une curiosité voluptueuse.

La première nuit, elle étreignit Perséphone sans discontinuer. Une poupée adoubée d'un tel nom a forcément des pouvoirs : l'enfant traversa le monde des ténèbres sans encombre.

Chaque jour, Bonne-maman emmenait les petites voir ou revoir les splendeurs de la ville. Adrienne écarquilla les yeux devant *Le Jugement dernier* de Jérôme Bosch. Sa grand-mère lui expliqua qu'après leur pesée, les âmes étaient dirigées soit vers le paradis, soit vers l'enfer. Les bienheureux avaient les mains jointes et le regard évaporé, les damnés poussaient des cris en sombrant dans l'abîme de feu.

L'enfant resta longtemps à contempler cette double proposition. « Maman ira sans doute en enfer pour ses meurtres de chats. Est-ce que c'est grave ? Les bienheureux ont l'air de s'ennuyer, rien ne les attend. Je me demande s'il ne vaut pas mieux être damnée comme maman », songea-t-elle.

Bonne-maman avait conservé une pile d'exemplaires d'une revue catholique à laquelle elle avait abonné ses filles quand elles étaient enfants.

L'hebdomadaire s'intitulait *Bernadette* et contenait des vies de saints racontées sous forme de bandes dessinées. Ses petites-filles dévorèrent les numéros de *Bernadette* avec un plaisir fou. Adrienne aima particulièrement la vie de sainte Solange, une ravissante bergère blonde qui séduisait un beau gentilhomme par sa manière de garder les moutons. Il la demandait en mariage, ne doutant pas qu'elle serait honorée de devenir l'épouse d'un noble. Elle répondait, les yeux baissés, qu'elle préférait conserver sa pureté et son troupeau. Ce refus rendait le hobereau malade de colère. Il la harcelait pendant une dizaine de pages et puis lui tranchait la tête d'un coup d'épée. L'image terminale montrait le col ensanglanté de la désormais sainte, allongée sur l'herbe, entourée des moutons qui n'avaient rien capté de l'intrigue et continuaient à brouter paisiblement.

– Pouvez-vous m'abonner à *Bernadette*, Bonne-maman ? supplia Jacqueline.

– Hélas, ma chérie, cela n'existe plus. J'ai regardé les publications catholiques actuelles destinées à la jeunesse, elles sont beaucoup moins drôles.

Adrienne sourit. Bonne-maman avait bien compris le caractère amusant de ces bondieuseries, elle pourrait se sentir proche d'une femme de cette espèce.

– Aimez-vous les chats ? demanda-t-elle à tout hasard.

– Je ne les connais pas très bien, répondit la grand-mère.

– Et aimez-vous maman ? interrogea-t-elle encore tandis que Jacqueline la fusillait des yeux.

– Je ne la connais pas très bien non plus, dit la vieille dame avec douceur.

Bonne-maman de Bruges était aussi différente que possible de sa mère. Mesurée, réfléchie, ne médisant jamais, aimante, assidue à l'église, non sans être capable d'ironie vis-à-vis des manières catholiques, généreuse et sereine, c'était une présence bienfaisante. Adrienne lui toucha un mot de ses vacances chez Bonne-maman de Gand. L'aïeule la serra dans ses bras.

– Et tu étais toute seule chez cette folle ?

Folle ? L'enfant n'avait pas songé à cette possibilité. Elle eut l'idée d'une réaction épatante : elle se signa.

– Bravo ! dit Bonne-maman de Bruges. Je prierai pour la mère de ta mère.

– Pouvez-vous aussi prier pour maman, s'il vous plaît ?

– Si tu veux.

« C'est toujours bon à prendre », pensa la petite.

Son amour pour Perséphone n'effaça pas celui pour Maïzena. La nuit, l'enfant étreignait la belle poupée et lui parlait de la cuiller en bois :

– Tu comprends, elle n'avait pas ta beauté, mais elle était si gentille. Je lui racontais mes épreuves et elle m'écoutait en pleurant.

Elle fut effleurée par le doute : une cuiller en bois n'avait pas de larmes. Elle oblitéra aussitôt cette hypothèse qui ne lui allait pas. Ce n'était pas l'irréalité de l'enfance : elle savait de source sûre que sans Maïzena, elle n'aurait pas conservé la raison.

À vol d'oiseau, Gand n'était distante de Bruges que de trente-neuf kilomètres. Par la pensée, Adrienne les franchissait, pénétrait dans la cuisine de la grand-mère folle et récupérait Maïzena. Elle l'emportait à Bruges et la présentait à Perséphone.

Mythologiquement, Gand était à mille kilomètres de Bruges. Les Gantois disaient que Bruges, c'était Gand à l'usage des touristes. Les Brugeois disaient que Gand, c'était une Bruges mercantile. On s'ignorait.

Les vacances s'écoulèrent dans un calme bienheureux. Les petites filles n'entendirent pas parler de la guerre une seule fois. Bonne-maman de Bruges veillait à ce qu'aucun rationnement ne soit perçu.

– Votre papa vient vous chercher demain, mes chéries, annonça l'aïeule à la fin du mois d'août.

Les fillettes, qui pourtant adoraient leur père, soupirèrent de chagrin.

– Est-ce que je peux rester chez vous ? osa Adrienne.

– Voyons, mon enfant, tu vivrais sans tes parents et sans ta sœur ?

– Et sans Margareth ? ajouta Jacqueline.

La petite s'aperçut qu'elle n'avait pas pensé une seule fois à sa meilleure amie. Pour ne pas avoir l'air d'un monstre, elle ajouta :

– Je vous aime tant, Bonne-maman.

– Moi aussi, je t'aime, ma chérie. Nous nous reverrons, sois sans crainte.

Le lendemain, Flora annonça d'une grosse voix :

– Madame, le petit est là !

La vieille dame se précipita pour accueillir son fils. Les filles l'entendirent murmurer tendrement à l'oreille de sa mère. Les adieux furent touchants.

– Ne veux-tu pas emporter Perséphone ? demanda Bonne-maman.

– Non. Sa place est ici. Je la retrouverai l'été prochain.

En route pour Bruxelles, elle s'interrogea : l'été précédent, elle avait tant souffert de perdre Maïzena que garder Perséphone lui aurait semblé une injustice. Par ailleurs, elle avait peur de la réaction de maman face à une si belle poupée. Sa mère n'aimait pas les autres jolies femmes. Certes, Perséphone était une enfant, mais on n'est jamais trop prudente.

De retour dans la capitale, les fillettes remarquèrent que la guerre était loin d'être finie. Bombardements, couvre-feu – et hurlements entre les parents. Elles regrettèrent aussitôt la sérénité olympienne de Bruges.

Le jour de la rentrée, Adrienne retrouva Margareth avec bonheur. Elle oublia qu'elle l'avait oubliée pendant les vacances. Le cours préparatoire ne l'impressionna guère. Assise à côté de sa meilleure amie, elle se sentit à la hauteur de la situation. Elle lisait et écrivait depuis longtemps. Le calcul ne lui résista pas. Elle s'installa d'emblée dans la bonne moyenne. Dès lors, elle disparut.

C'est vis-à-vis d'elle-même que cette disparition se produisit. Adrienne prit l'habitude de s'absenter de sa propre vie. Si ce n'avait été que de l'inattention, c'eût été bénin. L'enfant était absorbée par un univers autre dont elle n'avait aucune conscience.

– Tu es souvent dans la lune, lui dit Margareth.

Le Débarquement lui demeura inconnu. Il est vrai qu'il eut lieu dans le pays d'à côté. Les grandes vacances suivantes se déroulèrent chez Bonne-maman de Bruges. Rien ne changea. La rentrée scolaire fut identique à la précédente.

Le 17 janvier 1945, elle eut sept ans. L'âge de raison, lui dit-on. Elle eut l'intuition que cela ne la concernait pas.

Elle avait beau cultiver l'absence, elle ne put éviter d'entendre qu'on s'acheminait vers la fin de la guerre. Au cours d'une dispute parentale, Donatien dit à son épouse :

– Vous seriez bien inspirée de quitter Louis. Les Allemands vont perdre et il va avoir des ennuis.

– Ne le méprise pas trop. Sans la robe qu'il m'avait offerte, je n'aurais jamais été la plus belle femme au cocktail de Daisy.

– Vous en êtes encore là ? C'était il y a plus de deux ans !

Adrienne sursauta. Si la mort de Bishop était déjà ancienne, l'événement avait à ses yeux tant d'importance qu'une simple allusion pouvait la faire frémir.

Un jour d'avril 1945, Adrienne était assise dans le tram du retour de l'école quand elle avisa dans la rue une silhouette familière. D'où pouvait-elle connaître cette clocharde qui marchait en portant une grosse sacoche ? Le tram dépassa la femme et la petite fille tressaillit : c'était sa mère.

Elle eut l'instinct de descendre et de suivre Astrid en cachette. Que se passait-il ? Maman ne sortait jamais sans s'être mise sur son trente et un. Pour aller chez le boucher, le boulanger, l'épicier, elle portait tailleur et talons hauts et maquillage impeccable. Il lui importait que les gens s'exclament et l'admirent.

Pister Astrid la passionna et l'épouvanta, surtout quand elle constata qu'elle se rendait dans les Marolles, le quartier pauvre de Bruxelles, où habitait la racaille. Elle entra dans une bicoque en ruine.

À l'intérieur, entre des murs effondrés et des plafonds délabrés, Adrienne se dissimula derrière une porte et vit sa mère sortir du sac un chat vivant, ouvrir le tiroir d'une commode, y entreposer le corps de l'animal, à l'exclusion de la tête, et puis refermer le tiroir lentement, avec sur son visage une expression extatique.

Le gouttière put à peine miauler de douleur, il mourut en deux temps trois mouvements. La petite se bâillonna la bouche pour ne pas hurler.

Ensuite, Astrid saisit le cadavre et sortit dans ce qui avait été un jardin, derrière la maison. Adrienne la vit jeter le corps dans la fosse à purin et puis la reboucher.

Maman quitta les lieux sans remarquer sa fille. Elles marchèrent l'une derrière l'autre jusqu'à l'appartement. L'enfant attendit un quart d'heure dans la rue avant de monter et de trouver sa mère pimpante, joliment vêtue, avec un sourire joyeux.

– Ma chérie, ça s'est bien passé à l'école ?

– Très bien.

– Veux-tu une tartine pour le goûter ?

– Je n'ai pas faim.

– Tu m'étonnes. D'habitude, tu dévores.

– Je vais faire mes devoirs.

– Quelle enfant sérieuse !

Assise à sa table de travail, la petite fille se répéta l'importance de taire ce secret. Depuis des années, elle savait que sa mère assassinait les chats du quartier, pis, qu'elle avait tué un chat connu et familier, Bishop. Désormais, elle l'avait vue à l'œuvre. Surtout, elle avait contemplé son visage au moment précis où elle tuait : jamais elle n'oublierait son expression.

Comment vivre avec un tel fardeau ? Elle se rappela qu'au catéchisme, on lui avait expliqué le principe de la confession, mais se rendit compte soudain qu'elle ne croyait pas en Dieu. La foi lui parut incompatible avec les méfaits maternels. Et puis, à l'école, les religieuses étaient des femmes acariâtres qui ne cessaient de rabrouer les élèves. Les épouses de Dieu prouvaient, par leur aigreur, la déficience de l'époux.

Ne pas croire en Dieu ne la dérangea pas. Perdre la foi en sa mère, c'était autre chose.

Elle se souvint du premier petit-déjeuner avec Bonne-maman de Gand, de l'épreuve du vomi. Cela lui semblait désormais une broutille qu'elle avait réglée grâce au pouvoir du tant mieux, qui lui avait permis de survivre.

Tant mieux. Adrienne l'invoqua de tout son être. Il n'y avait pas de place pour la logique dans cette affaire. Il était impossible de déceler une contrepartie positive dans le fait d'avoir pour mère une meurtrière sadique de chats. Tant mieux quand même. Pourquoi ? Pour rien. Parce qu'il fallait continuer à vivre.

Puis elle rapprocha les deux épisodes. C'est parce qu'elle avait raconté à sa mère l'existence de Pneu que cette dernière s'était mise à tuer les chats. C'était par sa faute que maman était passée à l'acte.

Tant mieux. C'était inexpiable. Tant mieux. Tant mieux ne consistait pas à se voiler la face mais à faire triompher la vie, la vitalité. Tant mieux.

Jacqueline lui dit alors qu'elle n'avait pas l'air très concentrée. Adrienne n'avait pas remarqué que l'aînée l'avait rejointe et opina. Elle s'appliqua. Le calcul, l'orthographe, les leçons, cela servait à diriger sa pensée vers de l'inoffensif.

Le mois suivant, ce fut la victoire. La joie explosa partout.

La petite fille demanda à sa mère où était tonton Louis.

– Il a disparu, répondit Astrid sans trace d'émotion.

L'espace d'un instant, Adrienne se figura maman plaçant le gros Louis dans un tiroir, la tête en dehors, puis le refermant. Vision amusante.

Dans les journaux, on montrait des photos de femmes tondues. L'enfant admira le sang-froid de sa mère, qui n'en parut pas ébranlée. Personne ne l'inquiéta. Astrid eut juste mauvaise réputation, ce qui l'indifféra.

Pour Adrienne, la guerre n'était pas finie. Les chats du quartier continuaient à disparaître. Et elle se doutait que ceux des autres zones de Bruxelles n'avaient pas un meilleur sort.

Parfois, elle se jetait dans les bras de sa mère et lui déclarait son amour. Maman souriait et répondait tendrement à ses effusions.

– Moi aussi je t'aime, ma chérie.

La petite levait alors vers le visage maternel un regard adorateur. Les yeux disaient le tant mieux de l'amour, l'amour sans causalité, je t'aime, j'ai horreur de tes actes, je ne te changerai pas, tu ne changeras pas, je t'aime, ni donc, ni alors, ni par conséquent, ni malgré, ni rien. Tant mieux.

Face à sa sœur qui l'aimait aussi mais d'un amour désespéré, implorant des cajoleries que leur mère lui refusait et qu'elle prodiguait à sa cadette devant elle, Adrienne se dit qu'elle devrait intervenir en sa faveur. L'adulte répondit, sans trace de mauvaise conscience :

– L'amour, ça ne se commande pas.

– Fais un peu semblant.

– Pas mon genre.

L'enfant trouva que sa mère avait du culot. Combien de fois l'avait-elle vue ou entendue mentir avec talent ? Maman était aussi douée pour la dissimulation que pour la simulation. Simplement, dans le cas de Jacqueline, elle ne voyait pas de profit possible à feindre la tendresse.

Donatien se rendait compte de cette injustice et redoublait d'affection pour l'aînée. Hélas, celle-ci l'interprétait en termes de consolation.

– Papa, lui, se donne du mal pour me faire croire qu'il m'aime, lui avoua sa sœur.

– Il t'aime pour de vrai ! s'indigna Adrienne.

– Pourquoi m'aimerait-il ? Je suis toujours malade. Il a pitié de moi, rien d'autre.

– Papa n'est pas comme ça. Pour lui, tu es la plus intéressante des deux.

– La plus intéressante des deux. C'est horrible.

Adrienne finissait par hausser les épaules. Sans se l'avouer, elle aurait voulu inspirer la pitié, elle aussi. À force de vivre la magie du tant mieux, elle avait une mine radieuse, les gens s'exclamaient : « Voilà une petite fille qui fait plaisir à regarder ! »

Au contraire, Jacqueline s'attirait ce genre de commentaires : « Pauvre gosse ! Elle est marquée par la guerre » – « Qui croirait que c'est la sœur d'Adrienne ? » – « Leurs parents ne devraient pas se rendre coupables de favoritisme, c'est évident ! »

– Papa, j'aimerais qu'on me plaigne, moi aussi ! finit-elle par dire en privé.

– Susciter la pitié, c'est une humiliation. Les sourires apitoyés, c'est dur à supporter. Sois fière d'être une fille aussi solide.

La petite n'en était pas convaincue, sans faire le lien pour autant avec le tant mieux qui présidait à son existence.

Les fillettes entendaient, presque chaque nuit désormais, des scènes de violente querelle. Jacqueline avait si peur qu'elle venait dans le lit de la cadette.

Il advint qu'Adrienne, lors d'une dispute de trop, passe de l'autre côté.

– Je vais vraiment prendre la poêle à frire ce coup-ci et taper sur la tête de papa, déclara-t-elle.

L'aînée s'agrippa à sa sœur et dit :

– Tu ne serais même pas capable de la soulever.

– Nous verrons. J'ai huit ans maintenant.

Adrienne se leva et fila à la cuisine. Elle saisit la poêle à frire comme si elle n'avait rien pesé et débarqua au salon, où son père était en train d'empoigner sa mère.

– Papa, lâche maman immédiatement ! clama-t-elle.

Les parents se figèrent devant le spectacle de la gamine folle de colère qui brandissait l'énorme poêle à frire.

– Si tu touches encore une seule fois à maman, je t'assomme, menaça l'enfant.

Astrid riait, Jacqueline pleurait. Donatien contemplait sa fille avec une sorte d'admiration et sut qu'il fallait la prendre au sérieux.

Quelques jours plus tard, Adrienne tomba sur une scène qui la cloua sur place : Donatien serrait son épouse contre son cœur. Maman avait les yeux clos, la bouche entrouverte de joie, et son mari murmurait : « Mon Astrid. »

L'enfant ne douta pas que ce miracle ne s'expliquait que par son intervention. Elle ne voulut pas cesser de regarder, mais Jacqueline la rejoignit, vit, et aussitôt referma la porte.

– C'est pas nos oignons, dit-elle à la cadette.

« Que tu crois », pensa la petite.

L'événement se reproduisit au quotidien. Papa était redevenu amoureux de maman, qui n'avait jamais cessé d'être amoureuse de lui.

Il continuait de voir Daisy mais il semblait pressé de retourner chez lui.

Maman changeait. Sa beauté illuminait le foyer. Adrienne la surprenait à se montrer gentille avec Jacqueline. Elle pressentit qu'elle avait arrêté d'assassiner les chats : on ne signalait plus de disparitions félines dans le quartier. Elle souriait à l'idée qu'un tel danger était désormais écarté et s'émerveillait qu'à part elle, personne n'ait jamais soupçonné Astrid.

Celle-ci donnait le change à la perfection. La nouvelle lune de miel avec son époux la transfigurait. Dès le petit-déjeuner, elle roucoulait. L'ordinaire des repas s'améliora. Donatien félicitait sa femme pour ses dons culinaires. Ce qui la ravissait le plus, c'est qu'il la tutoyait de nouveau. Elle en oubliait de réprimander Jacqueline, qui en oubliait de pleurnicher.

Adrienne s'enorgueillit de la situation. Pour elle, le véritable armistice avait eu lieu un an après l'officiel et il avait été domestique.

Le 17 janvier 1947, elle fêta ses neuf ans.

– Pour ton anniversaire, je voulais t'annoncer un heureux événement pour l'été prochain, déclara maman.

– Quoi donc ?

– Un petit frère ou une petite sœur.

Le ventre maternel ne tarda pas à s'arrondir.

– C'est papa qui a mis la petite graine là ? questionna Adrienne.

Astrid opina le plus naturellement du monde. Ce ne devait pas être un procédé si extraordinaire. Quand quelqu'un plantait des géraniums à sa fenêtre, personne n'y voyait de la sorcellerie.

Donatien dit qu'il espérait un garçon.

– Pour le premier, nous avions prévu Jacques, et Jacqueline est arrivée.

– Pour le deuxième, vous aviez prévu Adrien ? devina l'intéressée.

– Exactement. Et pour le troisième, nous espérons l'appeler Charles.

– Êtes-vous déçus que nous soyons des filles ? demanda Adrienne.

– Nous ne vous voudrions pas différentes, répondit papa.

Maman eut l'air moins catégorique. Jacqueline ne put douter qu'il était question d'elle.

La grossesse fut un long enchantement. Les parents fleurissaient d'espérance. Charles serait un fils fabuleux. Comme on l'aimait déjà !

Le 17 juillet naquit Charlotte.

Maman revint au bercail de très mauvaise humeur :

– Je vous préviens, je n'aurai plus d'enfant, j'ai passé l'âge.

En 1947, trente-six ans, c'était considéré comme un âge tardif pour une maternité. Astrid ne cacha pas sa colère d'avoir « pris un tel risque » pour une fille supplémentaire.

Papa, lui, rayonnait. Il arriva en tenant dans ses bras un bébé tout mignon.

– Je vous présente Charlotte, dit-il à ses aînées.

Adrienne eut le coup de foudre. En son for intérieur, elle considérait que Charlotte était son enfant : si elle n'était pas venue protéger sa mère avec sa poêle à frire, son père ne serait pas retombé amoureux de son épouse et n'aurait pas mis la graine dans son ventre.

La naissance de cette troisième fille mit pourtant fin à leur lune de miel. Tout se passait comme si Astrid rendait son mari responsable du fait que le bébé n'était pas un garçon. Elle ne supportait pas Charlotte. Quand celle-ci pleurait, ou s'agitait dans son couffin, sa mère piquait des colères fulgurantes.

Adrienne vint lui annoncer très gentiment que désormais elle adoptait sa petite sœur :

– Tu ne devras plus t'en occuper : c'est mon bébé.

– Tu as neuf ans et demi, protesta Astrid.

– Je sens que j'en suis capable et je te demanderai conseil.

Cet été-là, Adrienne resta à Bruxelles. Elle s'occupa de Charlotte jusqu'à la rentrée. Ce fut une époque bénie. Le bébé prit du poids et de la beauté. Elle adorait lui donner le biberon, le changer, le bercer.

– Comment y arrives-tu ? interrogeait Jacqueline. Moi, j'ai trop peur.

Entre l'aînée et la benjamine il y avait un effet de miroir, se dit Adrienne : elles étaient des enfants rejetées par leur mère. Elle espérait pouvoir sauver la petite du martyre enduré par Jacqueline. À l'école, à l'extérieur, celle-ci avait l'apparence d'une fillette ordinaire ; dès qu'elle rentrait à l'appartement, elle commençait à trembler, accumulait les maladresses, pleurait pour des riens. Elle en était tellement consciente qu'elle faisait ses devoirs à l'étude, après l'école : chez elle, elle n'avait aucune concentration. À près de douze ans, Jacqueline en paraissait neuf. Il n'était pas rare que l'on croie Adrienne son aînée.

En septembre, il fallut retourner en classe. Adrienne n'écoutait plus rien. Elle ne pensait qu'à Charlotte. Quand les cours étaient finis, elle s'en allait en oubliant la moitié de son travail scolaire, elle ne disait au revoir à personne. Son obsession était d'attraper le tram de 16 h 05 afin de rejoindre l'appartement au plus tôt.

Hélas, les dégâts ne tardèrent pas. Le bébé laissé aux soins d'Astrid maigrissait. Il lui fallait éloigner la mère pour que Charlotte, apaisée dans les bras de son adorée, prenne son biberon. Ensuite, elle lui chantonnait une berceuse et la couchait dans son petit lit qu'elle avait installé à côté du sien.

Un semblant d'équilibre eût pu apparaître si les résultats scolaires de la cadette n'avaient chuté spectaculairement. Donatien s'emporta :

– Tu as toujours été une bonne élève et tu deviens un cancre.

– Je vais me reprendre, dit Adrienne.

À l'école, elle confia son drame à Margareth.

– Peux-tu m'aider ? Tu feras mes devoirs à ma place. Tu me connais par cœur, tu imiterais mon écriture, tu ajouterais mes fautes d'orthographe.

– Tu m'en demandes beaucoup !

– Écoute, j'ai rêvé que maman mettait Charlotte dans un tiroir, avec sa tête à l'extérieur, et puis qu'elle refermait le tiroir.

Margareth poussa un cri de terreur.

– Pour les devoirs, on peut s'arranger, concéda-t-elle. Ça ne règle pas le problème des leçons.

– Je me débrouillerai.

Les carnets de notes d'Adrienne évoluèrent de manière étonnante. Les commentaires des religieuses en témoignèrent : « Élève dissipée, répond très mal en classe. Mais les devoirs sont excellents. Attention aux examens de fin d'année. »

Donatien appelait Charlotte « l'enfant de ma vieillesse ». Le retour de flamme avec son épouse s'était vite éteint ; le bébé hérita du père. Il se prit de passion pour la benjamine. Les deux sœurs le remarquèrent et ne s'en formalisèrent pas. Elles auraient apprécié que cette préférence incite leur père à le protéger davantage des fureurs maternelles.

L'aînée eut le courage de lui dire une fois où ils étaient seuls :

– Papa, maman traite Charlotte comme moi.

– Je m'en rends compte, ma chérie. J'espère que la petite s'en sortira aussi bien que toi.

Jacqueline, mortifiée, repartit dans sa chambre, se voyant comme un échec complet.

Adrienne la découvrit pleurant.

– Que s'est-il passé ?

L'aînée lui raconta son acte de bravoure et la réaction paternelle.

– Quelle lâcheté ! dit la cadette.

– C'est ce qui te choque ?

– Quoi d'autre ? C'est vrai que tu t'en sors bien. Tu as de bonnes notes à l'école, les gens t'apprécient, que te faut-il de plus ?

Jacqueline explosa :

– Ouvre les yeux. Tout le monde me plaint. Tu crois que ça me plaît, cette pitié ?

– Tu te trompes, on t'admire.

– Tais-toi ! Je vois clair. Les gens me comparent à toi, il y a la maigre et laide et la jolie en bonne santé.

– On s'en fiche de ce qu'ils pensent.

– Mais je souffre, moi ! Qu'est-ce que tu peux répondre à ça ? Je souffre ! Maman ne m'aime pas, elle ne me supporte pas. Dès que je l'aperçois, j'ai peur. Quand elle n'est pas là, je n'arrête pas de me détester. Je me reproche mes moindres attitudes, mes moindres paroles. Et pourtant je sais que ce n'est pas juste. Si toi tu dis ou fais les mêmes choses, maman t'adore !

C'est moi qu'elle ne peut pas sentir. Je voudrais mourir.

Silence. Jacqueline ajouta ce propos digne d'une vieille personne :

– J'aurai douze ans à la fin de l'année et il est déjà trop tard.

Adrienne en était elle aussi convaincue : chaque nuit, elle entendait les sanglots de son aînée qui, quand elle s'endormait enfin, grinçait des dents d'angoisse. Le matin, elle n'avait pas besoin de relater des cauchemars qui se lisaient sur son visage.

« Peut-être en effet est-il trop tard pour elle, mais il n'est pas trop tard pour Charlotte. Je la sauverai ! » se déclara-t-elle. Elle alla jouer avec le bébé et trouva qu'il ressemblait à un chaton. Cela ne la rassura pas. À la réflexion, Jacqueline avait des airs de chat de gouttière, avec sa façon de raser les murs. « Je suis la seule des trois à ne pas avoir l'apparence d'un minet », pensa-t-elle. C'était affolant.

– Où est papa ?

– Chez Daisy, dit la grande sœur.

Leur liaison avait repris de plus belle. Adrienne songea qu'il fallait un beau monsieur pour occuper sa mère. Ce n'étaient pas les candidats qui manquaient. Elle les examina mentalement et choisit celui qui lui parut à la fois le plus gentil et le plus riche – elle connaissait les critères maternels.

– Maman, as-tu des nouvelles de Ladislas ? Je l'aime bien. Tu devrais l'inviter à prendre le thé.

Ladislas Esterhazy était un nobliau polonais qui flirtait dès qu'il apercevait la belle Madame Astrid. Désormais, quand Adrienne rentrait de l'école, elle trouvait Ladislas, les lèvres posées sur les mains de sa mère, qui semblait enchantée de ces procédés. Elle en oubliait l'existence de Charlotte : c'était ce qui pouvait arriver de mieux à l'enfant. Tandis qu'elle donnait le biberon au bébé, Adrienne étouffait des rires en entendant les propos maternels :

– Mon petit Ladislas, vous m'évoquez Chopin. J'ai l'impression d'être George Sand.

De la part d'une femme qui ne lisait jamais et à qui la musique était étrangère, c'était bien joué. Encore un des graves différends entre les parents : Donatien aimait lire Saint-Simon et le prince de Ligne, il écoutait les classiques avec recueillement, quand Astrid se contentait de faire illusion.

– Et dire que quand nous étions fiancés, vous me parliez de littérature ! disait le père qui vouvoyait de nouveau son épouse.

– Quand nous étions fiancés, tu me jurais un amour éternel.

Il était impossible de savoir lequel des deux avait le plus menti. Les disputes reprirent. Adrienne suggéra à papa de passer plus de temps avec Daisy.

– Pour qu'elle puisse recevoir tranquillement cet imbécile de Ladislas ?

– Où est le problème ? s'enquit la fillette de dix ans.

Donatien sourit. Il dut convenir que l'enfant avait raison. Daisy, à qui il raconta cette déclaration, dit que la petite comprenait déjà les usages du monde.

Adrienne réussit son année scolaire de justesse. Cet été-ci, elles allèrent chez Bonne-maman de Bruges. La cadette emmena la benjamine d'autorité. Astrid, que Ladislas invitait en croisière sur le Danube, ne protesta pas.

Bonne-maman fut enchantée de retrouver les chères petites et de rencontrer Charlotte. Adrienne lui expliqua la situation.

– Tu es la seule personne lucide de la famille, répondit Bonne-maman.

Perséphone accueillit l'enfançonne avec majesté. Adrienne fit les présentations :

– Ce n'est pas n'importe quelle poupée. C'est une poupée lucide, déclara-t-elle.

Elle ne connaissait pas le sens de ce beau mot qu'avait prononcé la grand-mère et se hâtait de l'employer avant la disparition de sa magie.

Les vacances furent le long repos dont la fillette de dix ans avait besoin. Flora prenait soin de Charlotte quand Adrienne voulait lire, rêver ou se promener. Le 17 juillet, quand la petite fêta son premier anniversaire, Flora lui offrit un spéculoos. Elle dégusta la friandise en poussant des cris de plaisir.

– Ce qu'elle est gourmande ! admira Bonne-maman. Cela doit enchanter votre mère.

– Hélas, en présence de maman, elle ne mange rien.

L'aïeule réfléchit.

– À Bruges, il existe un très bon établissement scolaire qui prend les enfants en pension dès l'âge de trois ans.

– Je ne veux pas perdre ma petite ! s'écria la cadette.

– Peut-être existe-t-il à Bruxelles un pensionnat comparable. Tu retrouverais ta sœur le samedi et le dimanche.

– Trois ans, c'est trop jeune pour être pensionnaire.

– Oui. C'est un cas particulier. Tu as le temps d'y penser. À l'école, c'est déjà très dur pour toi. Tu ne peux pas sacrifier ta scolarité à ta petite sœur.

Un silence.

– Le bon côté de l'établissement brugeois, c'est que Charlotte peut ne pas y rester en interne. Elle vivrait ici. Flora l'y conduirait et la ramènerait.

– Si loin de moi !

– Bruges n'est qu'à une centaine de kilomètres de Bruxelles. Ton père pourrait venir la chercher chaque vendredi. Ne précipitons rien.

La rentrée fut éprouvante. Adrienne avait si peur à l'idée que Charlotte soit seule avec sa mère qu'elle n'écoutait rien. Elle apprit à simuler l'attention, afin que les carnets de notes ne contiennent pas le sempiternel « élève dissipée » qui lui valait des remontrances. La collaboration avec Margareth lui permit de garder la moyenne.

Même avec un dévouement aussi héroïque, elle ne parvenait pas à mettre sa sœur à l'abri et la retrouvait souvent en état de prostration. Questionner maman eût été très maladroit. On en était réduit aux conjectures et elles alarmaient.

À courir ainsi perpétuellement, la vie d'Adrienne s'accéléra. « De justesse » qualifiait désormais ce qu'elle accomplissait : c'est ainsi qu'elle dormait, passait les examens, attrapait le tram, restait saine de corps et d'esprit.

L'été 1949, Bonne-maman de Bruges vit arriver pour les vacances trois zombies. Jacqueline en avait toujours été un, mais la triste mine de ses sœurs effraya la grand-mère.

– Nous n'allons pas attendre que Charlotte ait trois ans, déclara-t-elle. À la fin de l'été, elle restera ici avec Flora et moi.

– Vraiment ? dit la cadette.

– Tu commences le secondaire à la rentrée. Tu ne peux pas continuer ainsi.

– Charlotte va me manquer.

– Elle a deux ans, c'est à peine si elle parle. Cette enfant est traumatisée.

– Vous devrez convaincre papa.

– Compte sur moi.

– Maman ne sera pas contente.

– Je l'attends de pied ferme.

Adrienne ressentit une bouffée d'admiration pour sa grand-mère. C'était la première fois qu'elle voyait un adulte se conduire comme tel.

Elle consacra ses vacances à Charlotte. Ce qui unissait la benjamine à sa « petite maman » était idyllique. Loin d'Astrid, les fillettes rattrapaient le temps perdu. Celle que l'on croyait muette prononça son premier mot : « chou ». C'est ainsi qu'elle appelait les êtres aimés.

– Chou ! clamait-elle pour saluer Adrienne, ou Bonne-maman, ou Flora.

Jacqueline implora :

– Est-ce que moi aussi j'en suis un ?

Généreuse de son pouvoir, Charlotte l'adouba :

– Chou !

Personne ne sut la raison de son engouement pour ce mot, qui fut suivi de pléthore de vocables aussi réjouissants : bonbon, pacha (la chicorée), chocolat et promenade. Il s'avéra qu'elle adorait marcher, elle qui, à Bruxelles, avait à peine esquissé ses premiers pas. Elle déclarait : « Promenade ! » et tendait la main à l'accompagnatrice potentielle la plus proche. Dans les ruelles de Bruges, elle poussait des cris de bonheur.

Adrienne se consacra plus que jamais à l'enfançonne, s'efforçant de ne pas penser à la séparation imminente. Jacqueline les regardait avec une émotion pleine de tristesse, évitant la jalousie par le choix d'une désolation sourde.

La fin des vacances approcha. Adrienne ne l'avait jamais tant redoutée.

Quand papa arriva, avant même qu'il ait l'occasion d'embrasser ses filles, Bonne-maman déclara :

– Mon chéri, viens avec moi, nous avons à discuter.

Elle emmena son fils dans un salon dont elle ferma la porte. Il faut croire que cette femme si douce avait une autorité de fer, car l'entretien dura quatre minutes. Le ton ne monta pas.

On vit sortir un père résigné et une grand-mère triomphante.

– Papa ! clama Charlotte en se jetant dans ses bras.

– Ma chérie, tu parles !

– Oui, dit Bonne-maman, ta fille grandit très bien ici.

Donatien embrassa une Jacqueline enchantée et une Adrienne déjà au bord des larmes.

– Courage, lui murmura-t-il à l'oreille. J'irai la chercher vendredi prochain.

Pendant que le père chargeait les bagages dans l'automobile, Adrienne convoqua les pouvoirs du tant mieux tout en étreignant Charlotte avec amour. Elle eut le réconfort de constater que la petite n'éprouvait pas de peine.

Bonne-maman prit Charlotte dans ses bras. Elle lui indiqua de secouer la main en direction de la voiture qui partait. La petite s'exécuta avec enthousiasme.

Quand Adrienne ne put plus apercevoir ce comité d'adieu, elle dit sur le même ton que Bonne-maman avait eu pour annoncer sa victoire inévitable sur son fils :

– Je me charge de tout annoncer à maman.

Elle savait qu'il faudrait user de diplomatie. À Bruxelles, elle se jeta dans les bras d'Astrid avec des mots d'amour. Ensuite, elle déclara :

– Bonne-maman de Bruges te demande la permission de garder Charlotte quelque temps. Elle vieillit et elle remarque que la présence de la petite la maintient en pleine santé.

L'adulte eut seulement l'air stupéfaite.

– Quel culot ! dit-elle sans chagrin.

– Tu as raison. Une lubie de grand-mère, commenta Adrienne.

– Après tout, si cela l'amuse.

Il n'en fut plus question.

La rentrée dans le secondaire n'accapara pas la fillette autant qu'elle l'aurait voulu.

– Tu vas enfin pouvoir te consacrer à tes études, dit Margareth.

– Sûrement, répondit-elle sans conviction.

Au bout de deux années de dissipation, il s'avéra qu'Adrienne avait perdu la capacité de concentration. Comme elle avait conservé la faculté de simuler l'écoute, il n'y eut pas d'esclandre. Elle devint seulement une élève médiocre.

En l'absence de Charlotte, les disparitions de chats recommencèrent. Adrienne songea qu'elle avait vu juste. Astrid avait bel et bien assimilé la petite dernière à une chatonne.

Le 17 janvier 1950, elle eut douze ans. Ses notes avaient été si mauvaises qu'elle aurait dû en être affligée. La vérité est que cela lui était égal. La seule réalité qui comptait encore pour elle, c'était Charlotte.

Un samedi midi, à table, Donatien et Astrid se disputèrent. Les deux aînées n'y prêtèrent pas garde : elles avaient tellement l'habitude d'assister à ces moments douloureux. Mais la benjamine, qui allait sur ses trois ans, se leva en emportant son assiette.

– Je préfère manger à la cuisine, dit-elle le plus simplement du monde.

Quand elle eut refermé la porte, papa s'écria avec admiration :

– Quelle indépendance !

Adrienne reçut ce mot en plein cœur.

L'indépendance : c'était ce qui lui manquait. Charlotte lui montrait le chemin.

À douze ans, il est encore possible d'incorporer une vertu immense en un instant. Désormais, la cadette devint indépendante. Elle réussit son année scolaire avec des notes dont il n'y avait pas lieu de se vanter, mais sans l'aide de personne. Elle continua d'aimer sa petite sœur à la folie et de lui consacrer le plus de temps possible, sans s'effondrer quand celle-ci repartait le dimanche soir.

Comment avait-elle pu oublier l'indépendance ? Avant la naissance de Charlotte, n'avait-elle pas été l'enfant la plus indépendante qui fût ? Elle qui avait été capable, à l'âge de quatre ans, de vivre deux mois seule avec Bonne-maman de Gand, cette horrible vieille, comment avait-elle pu se laisser aller à la faiblesse d'être tributaire de qui que ce soit ? Aimer quelqu'un, cela ne signifiait pas s'appuyer sur lui. Il ne s'agissait donc pas de découvrir l'indépendance mais de la redécouvrir.

Sans indépendance, pas de tant mieux, songeait-elle. Cette magie qui était son secret le plus intime supposait de ne pas exagérément se souder à un destin autre que le sien propre. Nul cynisme dans ce constat : on ne peut être responsable que de soi-même. Si on lie son bien-être à celui d'un autre, cela ne peut que péricliter. Comment pourrait-on s'accorder en profondeur avec les mystères du monde si l'on s'en remet à autrui, fût-ce la personne que l'on aime d'amour fou ? Le paradoxe, découvrait-elle, c'est que si l'on veut vraiment aider quelqu'un, la meilleure méthode consiste à s'occuper de son jardin. À chercher à veiller sur celui de son voisin, on ruine celui-ci et le sien.

Ces propos qui singeaient la sagesse des nations ne furent pas pensés en ces termes dans le cerveau d'Adrienne. La fillette avait toujours été pragmatique. C'est d'instinct qu'elle renoua avec l'indépendance de son enfance.

À douze ans, en 1950, on n'était pas encore une adolescente. L'âge ingrat commence le jour où un adulte décrète que vous l'avez atteint. On ne songea pas à avertir Adrienne qu'elle allait au-devant de changements importants. Elle s'en doutait d'autant moins que Jacqueline, à quatorze ans et demi, n'avait pas fait sa mue.

Une nuit, elle l'entendit pleurer. C'était si fréquent qu'elle faillit ne pas s'en mêler. Mais les sanglots lui parurent plus graves que d'habitude. Elle finit par demander à Jacqueline la cause d'un tel chagrin.

– Je suis la seule de ma classe à ne pas avoir ses règles.

– Qu'est-ce que c'est ?

L'aînée lui expliqua à travers ses sanglots. Adrienne grimaça.

– Réjouis-toi de ne pas avoir ce truc infect !

– Si tu n'es pas réglée, tu ne peux pas avoir d'enfants.

– Parce que tu veux avoir des enfants ?!

Cet ébahissement maladroit redoubla les pleurs de Jacqueline. Adrienne prit conscience de sa gaffe et tenta d'arranger l'affaire :

– Je veux dire, tu ne veux pas avoir des enfants avant d'être mariée, n'est-ce pas ?

– Arrête ! Tu sais bien que personne ne voudra m'épouser.

La cadette tomba des nues. Non, elle ne pensait pas cela. Elle découvrait que la souffrance de Jacqueline dépassait ses pronostics. Elle la rejoignit dans son lit et lui parla fermement :

– Il suffira de cacher que tu n'as pas tes règles. Tu trouveras un mari.

L'aînée sanglota de plus belle et la cadette l'enlaça et la berça :

– Tout va s'arranger. Tu auras un gentil mari, des enfants adorables et je serai toujours là pour toi.

Entre-temps, c'était elle qui avait l'impression d'avoir un enfant de plus.

À table, un soir, Donatien leur annonça qu'il venait d'être nommé haut fonctionnaire :

– Nous allons enfin cesser d'être pauvres. Pour commencer, nous allons déménager. Vivre à cinq dans cet appartement minuscule, c'est fini. J'ai acheté une vaste et belle maison à Uccle. Nous aurons un vrai jardin. Ce n'est pas loin, les filles, vous pourrez aller à l'école en bus, votre trajet durera seulement dix minutes de plus.

– Et moi, tu ne me demandes pas mon avis ? rétorqua Astrid.

– Cette demeure vous plaira, répondit-il. Vous adorez les fleurs : un jardinier sera à vos ordres pour planter celles que vous voudrez.

Adrienne exulta.

– Papa, est-ce que je pourrai avoir un vélo, s'il te plaît ?

– Un vélo ? Pourquoi ?

– On va vivre à la campagne, je veux m'y promener à vélo.

– Ce n'est pas la campagne, ma chérie. Mais le vélo est une bonne idée.

L'été fut dévolu au déménagement. Jacqueline ne cessait de pleurnicher :

– Je suis triste de quitter l'appartement. J'y ai toujours habité.

– Tu es triste de quitter un lieu où tu as été tellement malheureuse ? s'enquit la cadette.

– Ai-je une raison de croire que je le serai moins dans cette maison ?

– Oui, si tu le décides.

Cette déclaration, pour Jacqueline, resta de l'hébreu. L'aveugle-né ne peut imaginer une condition autre que la sienne. Comment désirer ce que l'on ne conçoit pas ?

La maison uccloise datait du début du siècle. Son charme rivalisait avec son élégance. Elle comportait trois étages. Au deuxième, il y avait cinq grandes chambres. Chacun aurait la sienne. Astrid et Donatien pourraient enfin coucher séparément, ce qui limiterait agréablement la durée de leur guérilla quotidienne.

Papa recruta un couple de réfugiés espagnols qui occuperaient le troisième étage. L'homme s'improviserait jardinier, la femme cuisinière. Ils avaient une fille de l'âge de Charlotte, elle logerait dans la mansarde.

Maman fut enchantée d'avoir de la domesticité. Les Espagnols furent aussitôt rebaptisés Mario et Maria.

Il n'avait pas échappé aux enfants que la nouvelle demeure était très proche de celle de Daisy. Mais le père avait été équitable, elle n'était pas éloignée de celle de Ladislas.

– Je pourrai venir chez toi faire mes devoirs ! dit gaiement Adrienne à Margareth.

– Encore faudrait-il que tu y songes, rétorqua l'amie.

Elle voyait juste. Pour Adrienne, l'arrivée dans ce quartier de jardins coïncida avec la cessation de toute préoccupation studieuse. Quand elle rentrait de l'école, désormais, elle jetait son cartable, sautait sur son vélo et partait à l'aventure. Il y avait ces rues à explorer et, à un kilomètre de là, les champs. La fillette, qui avait toujours vécu dans un environnement urbain, s'éprit au dernier degré de cette campagne inconnue. Elle vit les premières vaches, les premiers cochons de son existence. Elle découvrit les moissonneuses, les meules, les ballots, les basses-cours. Adrienne trouva cet univers stupéfiant.

Margareth lui demandait souvent pourquoi aller aux champs l'intéressait plus que traduire Cicéron.

Ses résultats scolaires, de médiocres, devinrent catastrophiques.

– Si tu redoubles, menaça Donatien, je te mets en pension.

L'argument porta. Adrienne reprit un peu les rênes. Elle s'arrangea pour être le cancre qui a juste la moyenne et le resta.

Quand elle rentrait chez elle à l'heure du dîner, après des kilomètres à vélo dans cette zone agricole, à son exaltation s'ajoutait la joie d'avoir déserté un foyer habité par des gens crispants. Les parents, qui auraient pu profiter de tant d'espace pour s'ignorer enfin, s'étripaient plus que jamais. Astrid, non contente d'inventer de nouvelles techniques pour humilier Mario et Maria, recommença ses activités de meurtrière. Après les matous bruxellois, la gent féline uccloise fut décimée. Quand elle voyait un minet se promener dans le quartier, Adrienne lui disait :

– Déguerpis, par pitié !

Fatigué des allers-retours pour Bruges, Donatien avait inscrit Charlotte dans un pensionnat catholique voisin. Le week-end, la fillette s'amusait avec la fille de Mario et Maria. Araceli et Charlotte devinrent inséparables. Pour Adrienne, ce fut une excellente nouvelle. Elle avait beau adorer la benjamine, elle en avait assez de jouer les petites mamans.

L'unique à ne pas évoluer était Jacqueline. Elle souffrait autant à Uccle qu'à Bruxelles. Elle poussait à peine. Ses résultats scolaires étaient bons, sans plus. Elle n'avait pas d'amies. Quand elle avait terminé ses devoirs, elle se plongeait dans la lecture.

Néanmoins, il arriva à l'aînée une chose imprévue. À l'âge de seize ans, pour la première fois de sa vie, elle eut une amie. Mylène. Elle l'annonça pendant le repas du soir, ce qui, en soi, constituait déjà un exploit. On ne l'avait jamais entendue parler à table.

– Il ne faut pas demander le cas social que ce doit être, commenta Astrid.

Jacqueline se redressa en tremblant pour rétorquer :

– C'est la vicomtesse Mylène de la Trapperie des Étangs.

Adrienne ne put s'empêcher de rire de ce nom à rallonge. Jacqueline eut pour elle le regard de César assassiné par Brutus. Honteuse de sa déloyauté involontaire, la cadette se hâta de déclarer qu'elle désirait la connaître.

– Je n'oserai jamais l'inviter ici, dit l'aînée.

– Pourquoi ? interrogea Donatien.

– Nous ne sommes pas des gens fréquentables, répondit la jeune fille.

Hilarité générale. Pourtant Adrienne comprit ce que sa sœur voulait dire. Il y avait quelque chose d'obscur dans leur famille, qui allait au-delà des meurtres en série de chats. Elle eût été incapable de préciser ce que c'était.

Jacqueline se mit à faire des mystères, parlait au téléphone pendant des heures, à mi-voix. Cela ne l'empêchait pas d'avoir toujours l'air d'une gamine impubère. Les parents songeaient à consulter.

– Si cela continue, on ne pourra pas la marier, maugréa Astrid, qui avait hâte de se débarrasser de celle qui n'avait jamais cessé de lui déplaire.

C'est alors que le miracle se produisit. À seize ans et demi, Jacqueline eut ses règles. Elle le chuchota à l'oreille de sa sœur, qui réalisa qu'à quatorze ans, elle était, elle aussi, un cas d'espèce, la seule de sa classe à ne pas être réglée. Cela ne la soucia pas. Du reste, cela ne dura pas : un mois plus tard, elle devint pubère.

– C'est drôle, déclara-t-elle à Jacqueline. C'est comme si j'avais attendu ton autorisation.

Si la puberté ne modifia guère Adrienne, elle métamorphosa Jacqueline. En quelques semaines, la fillette maigre et maladive prit des formes et devint une beauté.

– On va pouvoir la marier, conclut la mère avec un soulagement qui ne parvenait pas à dissimuler l'aigreur que cela lui inspirait.

À quarante et un ans, Astrid était au sommet de sa splendeur. Elle aurait pu s'abstenir de jalouser sa propre fille, mais c'était plus fort qu'elle, chaque fois qu'il était question du physique d'une femme, elle coupait court en déclarant cette formule péremptoire :

– J'étais plus belle quand j'étais jeune.

À quinze ans, la cadette grandit prodigieusement. Elle atteignit un mètre soixante-dix, ce qui la plaçait dans les plus grandes de sa classe. Cela ne l'empêchait pas d'avoir toujours la dégaine et la mentalité d'une gamine.

Par ailleurs, elle avait remarqué l'accélération du temps. Une année durait moins que quand elle avait douze ans et beaucoup moins que quand elle en avait quatre. Elle s'en ouvrit à Margareth, qui lui parla d'Einstein et de la relativité.

– Comment sais-tu des choses pareilles ?

– J'écoute ce que raconte le professeur de sciences.

– Évidemment, commenta Adrienne avec l'air de celle à qui cela ne risquait pas d'arriver.

Margareth gardait l'apparence d'une fillette, mais pour un motif différent. Daisy continuait à la coiffer de deux nattes pour la rajeunir, et donc se rajeunir elle-même.

La meilleure amie lui confia que si elle était blonde, c'était parce que sa mère lui teignait les cheveux depuis ses trois ans.

– Comme cela, les gens pensent que maman est une vraie blonde.

– C'est énorme !

– Le jour de mes dix-huit ans, j'arrête la teinture. Tu verras, j'ai les cheveux marron.

– Tant mieux.

– Pourquoi tant mieux ? Rien ne te prouve que je serai mieux en brune.

Adrienne demeura bouche bée, honteuse comme un général qui aurait utilisé son arme secrète sans nécessité.

Elle aimait scandaleusement sa vie. Peu lui importait que sa mère soit folle, son père étrange et ses sœurs fragiles. Après les heures d'école où elle somnolait, elle courait jusqu'à son vélo – elle dédaignait désormais les transports en commun – et quittait Bruxelles jusqu'à l'infini, qui se situait un peu après Linkebeek. Elle ne se donnait même plus la peine de passer par la maison pour jeter son cartable dans sa chambre. Puisqu'elle savait qu'elle ferait l'impasse sur les devoirs et les leçons, elle laissait carrément ses affaires à l'école.

Lorsqu'elle rejoignait sa famille, elle était au comble de l'exaltation. Les kilomètres à vélo, la vitesse à travers champs, le coucher du soleil sur la campagne suscitaient en elle une ivresse qu'aucune accoutumance n'émoussait. Elle arrivait juste à temps pour le dîner et s'attablait joyeusement. Son appétit épatait les siens.

Ensuite, elle se mettait au lit avec des lectures scolaires. Elle se permit de détester *Le Grand Meaulnes* (« C'est tarte ! » déclara-t-elle à Margareth qui la voua aux gémonies) et de s'endormir sur *Madame Bovary*.

– Tu n'es qu'une illettrée comme ta mère, lui dit Donatien.

– C'est faux. J'adore Colette.

– Tu dois lire Colette pour l'école ? s'étonna-t-il.

– Non, bien sûr. Les religieuses disent que c'est monstrueux.

– N'oublie pas : si tu redoubles, tu files en pension.

C'était la seule ombre au tableau, ce risque permanent.

Jacqueline eut dix-huit ans.

– Mylène m'invite à la fête que ses parents lui offrent, annonça-t-elle.

– Tu n'as pas de robe assez chic pour aller chez ces gens, dit Astrid.

– Nous irons t'en acheter une, intervint Donatien.

Le père emmena sa fille dans les boutiques de luxe de l'avenue Louise. Ils revinrent chargés de vêtements et d'accessoires. L'aînée défila dans chacune des nouvelles tenues. La mère s'ingéniait à trouver des défauts, trop décolleté, trop étroit, cette couleur ne te va pas. Jacqueline encaissait comme elle pouvait. Quand Astrid s'en fut allée, Donatien lui confia que vu la jalousie maladive de sa mère, ses critiques étaient à considérer comme autant d'éloges.

Arriva le grand soir. Le père conduisit Jacqueline chez les parents de Mylène.

– Je viendrai te rechercher à minuit, dit-il.

– Ne pourrais-tu pas venir plutôt à onze heures ? demanda-t-elle avec épouvante.

Donatien tint bon et revint à minuit. Comme Jacqueline ne l'attendait pas sur le pas de la porte, il dut entrer dans l'hôtel particulier, où la vicomtesse l'accueillit avec grâce.

– Vous aurez du mal à convaincre votre fille de partir, elle a un succès fou, dit-elle.

Fasciné, il regarda son aînée entourée de garçons comme autant de bourdons. Jacqueline gardait un air distant qui produisait son effet. Quand enfin elle avisa son père, elle courut jusqu'à lui sans saluer ses chevaliers servants. Dans l'automobile, elle soupira :

– Je t'attendais avec impatience.

– Tu es sûre ? Tu étais le point de mire de la fête.

– J'ai beaucoup de mal à supporter cette attention.

– Tu t'habitueras.

Il se trompait. Jacqueline, qui désormais était invitée tous les samedis soir, était incapable de vivre ses conquêtes autrement qu'avec effroi. Avoir été pendant tant d'années la laide de la famille, la moche de la classe, celle dont personne ne voudrait l'avait impactée au-delà des prévisions.

Elle n'avait jamais reçu ce dont un enfant a le plus besoin : de la considération. C'est encore plus important que l'amour. Être regardé pour ce que l'on est, c'est cela, être considéré. Elle avait suscité le mépris de sa mère et la pitié des autres. Elle n'avait jamais bénéficié de la générosité d'autrui, et demeurait incapable de l'accepter quand enfin on la lui offrait.

Si elle était allée jusqu'au bout de sa logique, Jacqueline aurait refusé d'être belle. Rien de plus simple, il suffit de se laisser aller. Mais elle n'aurait pas eu ce courage. La beauté, elle le sentait, c'était son devoir. Elle n'en tirait aucun plaisir, ni au moment de contempler son reflet dans le miroir, ni face à l'admiration des tiers. Cette attention braquée sur elle la suppliciait : elle ne savait que faire de l'émotion trop violente provoquée par ces regards.

Comme elle se préparait pour une nouvelle fête, Adrienne lui dit :

– Tu es tellement belle !

Jacqueline éclata en sanglots, ruinant son maquillage.

– Qu'est-ce que tu as ? demanda la cadette.

– Je ne supporte pas les compliments.

– Pourquoi ?

– C'est trop différent de ce que je connais.

– Prends-les comme une revanche !

– Je ne comprends pas ce que tu dis.

– Maman t'a toujours traitée de tous les noms. À présent, nous avons la preuve de son erreur, tu es magnifique. Nargue maman !

Jacqueline secoua la tête de désespoir. Sa sœur lui parlait une langue étrangère.

Quelques semaines plus tard, elle tendit à la cadette un papier, avec une expression de désolation :

– J'ai reçu une lettre.

Adrienne la lut. Il s'agissait d'une déclaration d'amour, très bien tournée, signée d'un certain Albéric.

– Formidable ! s'écria la jeune fille.

– Moi, je trouve cela horrible, gémit Jacqueline.

– Pourquoi ? Il est comment, cet Albéric, moche, odieux ?

– Non, c'est un joli garçon, très agréable. Qu'est-ce que tu veux que je fasse de cette lettre ?

– Si le type te déplaît, tu l'envoies paître, tu peux même lui jeter son billet à la tête.

– Il ne me déplaît pas.

– Ah ! il te plaît.

– Je n'ai pas dit cela.

– Bon, j'ai compris. Tu veux que j'écrive la réponse et que tu la signes ?

– Voilà.

La cadette s'amusa à pondre une réponse enflammée. Elle y prit plaisir, car elle ne cessait de penser que si elle avait été la destinataire de tels mots, elle s'en serait réjouie.

Elle donna sa missive à lire à Jacqueline, qui s'émerveilla. Le courrier fut expédié.

La grande sœur revint consternée de la fête qui suivit, avec une nouvelle lettre.

– Dis donc, qu'est-ce qu'il écrit bien ! Il t'aime, s'exclama Adrienne.

Jacqueline geignit.

– Que voudrais-tu ? interrogea Adrienne.

– Je ne sais pas.

La cadette, s'étant prise au jeu, écrivit à sa place une réponse de feu.

Jacqueline, soumise, fataliste, incapable de savoir quelle attitude adopter, expédia la réponse à Albéric. Au fil des mois, les missives s'échangèrent. Adrienne écrivait à un garçon qu'elle ne connaissait pas et qui lui adressait des sentiments qui n'étaient pas pour elle.

Un jour qu'elle rentrait d'une expédition à vélo, elle trouva un garçon avec un bouquet de fleurs devant la porte de la maison.

– Albéric ! s'écria-t-elle.

– Non, je suis Armel, son meilleur ami. Qui êtes-vous ?

– Adrienne, la sœur de Jacqueline. Vous voulez la voir ?

– Je ne sais pas.

Il lui expliqua qu'il était envoyé par Albéric pour éclaircir la situation. Celui-ci, fou amoureux de Jacqueline, écrivait des lettres enflammées à l'objet de son amour, qui lui répondait sur le même ton. Or, quand il la côtoyait lors des fêtes, elle demeurait distante et glaciale.

– Alors voilà, mon ami me charge de vous demander ce qu'il peut espérer.

Adrienne ne put résister à une malice coquette :

– Les lettres de ma sœur sont-elles vraiment des lettres d'amour ?

– Oh oui ! Elles sont d'ailleurs merveilleuses. Vous les auriez vues, vous n'auriez aucun doute.

– Sacrée Jacqueline, elle cache bien son jeu ! Je ne sais pas quoi vous répondre, mais je vais l'interroger. Comment puis-je vous contacter ensuite pour vous livrer le fruit de mon enquête ?

Pendant qu'il écrivait son numéro de téléphone sur un bout de papier, la jeune fille l'observa et le trouva charmant. Il avait un joli visage aimable et un corps un peu rond.

– Voilà, dit-il en lui tendant le billet.

– Et les fleurs ?

– Elles sont pour vous bien sûr.

Armel lui offrit le bouquet avec un sourire exquis. C'était la première fois qu'Adrienne voyait dans les yeux d'un garçon cette lueur délicieuse. Elle jubila et rentra chez elle, le vélo lesté d'une gerbe de roses.

– Qui t'a donné ces fleurs ? demanda la mère d'une voix acerbe.

– C'est un beau monsieur qui m'a remis ce bouquet pour toi, maman, répondit-elle, retombant habilement sur ses pattes.

– Qui donc ?

– Il m'a dit qu'il était un admirateur et que tu pourrais imaginer son identité.

– Décris-le-moi, dit Astrid, enchantée.

Adrienne, qui connaissait les goûts maternels, produisit la description qu'il fallait, et qui laissa sa mère en proie à un contentement puéril, et alla rejoindre Jacqueline.

– Es-tu amoureuse d'Albéric ? lui demanda-t-elle à brûle-pourpoint.

– Je n'en sais rien.

– As-tu envie d'être amoureuse ?

– Pourquoi me poses-tu ces questions ?

– Parce que tu me fais répondre aux lettres d'Albéric à ta place. Et je voudrais savoir à quoi m'en tenir.

– Eh bien, tu le sais maintenant.

Le lendemain, Adrienne composa le numéro d'Armel. Elle prit une voix de conspiratrice :

– Je ne comprends pas tout. Puis-je vous fixer rendez-vous demain, cinq heures de l'après-midi, devant le Pavillon de l'Octroi ?

– J'y serai.

Elle eut l'intelligence de s'y rendre à vélo et en uniforme scolaire. « Je lui ai plu de cette manière, ne changeons rien. » Puis elle confia au jeune homme qu'Albéric ne pouvait rien espérer. Rien de rien. Jacqueline n'avait laissé aucune marge d'incertitude.

– Votre sœur est vraiment spéciale. Vous auriez lu ses lettres ! Pourquoi écrire des propos aussi brûlants si l'on n'éprouve rien ?

La jeune fille finit par avouer la vérité.

– Ma sœur m'avait priée de me débarrasser de ce problème. J'ai lu les lettres de votre ami, je les ai trouvées magnifiques. J'ai répondu comme si ces déclarations m'avaient été adressées.

Armel pâlit :

– C'est Albéric qui m'a demandé de lui écrire ses lettres. Il s'en sentait incapable, malgré l'intensité de son amour.

– Comment êtes-vous parvenu à être si convaincant ?

– Dès que j'ai lu votre première lettre, c'est à cette épistolière que je voulais m'adresser.

Les deux jeunes gens se contemplèrent et puis éclatèrent de rire.

– Avez-vous déjà entendu parler d'une histoire pareille ?

– Même Cyrano de Bergerac n'aurait pas osé.

– Qui ? demanda Adrienne.

Armel s'aperçut qu'il avait affaire à une ignorante et ne l'en admira que plus. Elle avait beau être inculte, elle écrivait fabuleusement.

– Vous vous rendez compte que nous nous écrivons des lettres d'amour depuis six mois ? Il était temps que nous nous rencontrions.

Ils se présentèrent l'un à l'autre. Adrienne apprit qu'Armel avait dix-huit ans, qu'il appartenait à une bonne famille ardennaise, qu'il était orphelin de père depuis ses huit mois, qu'il étudiait le droit et se destinait à la diplomatie. Armel sut qu'Adrienne avait seize ans, que ses parents n'étaient guère fréquentables, qu'elle était la plus mauvaise élève de sa classe depuis longtemps et qu'elle avait l'intention, comme toujours, de passer l'année de justesse.

Désormais, ils se virent chaque jour. Le rendez-vous était toujours fixé à dix-sept heures, au Pavillon de l'Octroi.

Armel expliqua à Albéric qu'il ne fallait rien espérer. Le jeune homme pleura pendant des mois et puis passa à autre chose. Jacqueline s'estima bien débarrassée. Elle suivit des cours de sténodactylo et déclara qu'elle adorait cela. Adrienne comprit que sa sœur était un être différent.

Au Pavillon de l'Octroi, les deux jeunes gens se racontèrent leur vie entière depuis le début. Armel, plus discret, eut vite terminé son autobiographie. Celle d'Adrienne mit six mois à être narrée : le garçon demeura halluciné par ce qu'il apprit. Cela déclencha une déferlante d'interrogations.

– Vous n'avez jamais revu Bonne-maman de Gand ?

– Qu'est devenue Maïzena ?

– Votre mère n'a pas été tondue à la Libération ?

– Comment est-il possible que l'activité criminelle de votre mère n'ait jamais été remarquée ?

– Vous avez été la petite maman de Charlotte pendant des années et puis vous avez cessé de l'être ?

Armel posa ensuite la question la plus terrible :

– Comment pouvez-vous aimer votre mère ?

Ce fut l'unique fois où la jeune fille sembla embarrassée :

– Je l'aime.

– Parce qu'elle est votre mère ?

– Personne n'est obligé d'aimer sa mère. Je l'aime.

Le 17 janvier 1955, la jeune fille fêta ses dix-sept ans. Le jeune homme lui offrit une bouteille de Coca-Cola.

– Je rêvais d'en goûter, dit-elle.

– Vous allez voir, c'est excellent.

Elle la but avec délice.

Le 24 mai 1955, le garçon fêta ses dix-neuf ans.

– On se tutoie ? proposa-t-elle.

– Volontiers.

Adrienne réussit son année scolaire encore plus de justesse que d'habitude. L'été, les jeunes gens furent séparés. Le garçon était avec sa famille dans un château ardennais, la fille était chez Bonne-maman de Bruges.

Quand ils se retrouvèrent à la rentrée, ils se jetèrent dans les bras l'un de l'autre.

– Tu m'as manqué.

– Je ne veux plus jamais passer des vacances sans toi.

Si étrange que cela puisse paraître, ils ne s'étaient pas encore donné un baiser. Même cette embrassade fut la première. Ils n'avaient nulle part où aller, pas d'autre port d'attache que le Pavillon de l'Octroi. Jamais ils n'avaient eu le droit de se rendre l'un chez l'autre. Quand il pleuvait, ils se blottissaient sous un parapluie.

L'argent de poche d'Armel payait parfois des bonbons. Ils les dévoraient à deux, échangeant leur engouement en matière de sucreries :

– Moi, je préfère les cuberdons.

– Tu connais les boules de gomme ? demanda le garçon, qui les aimait à la folie.

L'uniforme scolaire d'Adrienne, qui avait été celui de Jacqueline, était vétuste et râpé. La jeune fille avait beaucoup grandi, la jupe lui arrivait à mi-cuisse.

– On ne va pas t'acheter une nouvelle tenue pour les quelques mois qui te restent, dit Astrid.

Adrienne s'excusa auprès d'Armel de sa dégaine ridicule. Il se récria :

– Moi, je t'adore dans cette jupe !

Le 17 janvier 1956, la jeune fille eut dix-huit ans. Le jeune homme lui offrit un paquet de souris en boule de gomme.

– Mes préférées, commenta-t-il.

Le 24 mai 1956, Armel eut vingt ans. Il s'offrit un cadeau étourdissant. Il dit à Adrienne :

– Je t'aime.

Le premier émoi passé, la jeune fille dit :

– Il me semblait bien.

– C'est tout ce que tu as à me dire ?

– Je t'aime, dit-elle en riant.

Alors le garçon approcha son visage du sien et, avec une maladresse confondante, ils échangèrent leur premier baiser. Chacun comptait sur l'expérience de l'autre, ce qui ne les mena nulle part. Ils n'en furent pas moins éblouis.

– C'était merveilleux, dit Armel.

Adrienne remarqua que « merveilleux » était l'adjectif favori du jeune homme. Même si elle avait adoré ce baiser, elle songea à perfectionner leur technique.

Elle termina son parcours scolaire par la plus petite porte. Et devant l'insistance d'Armel, lui fit rencontrer ses parents.

Armel en costume avait l'air d'un enfant endimanché quand il fit à Astrid un baisemain parfait et serra la main de Donatien en le regardant droit dans les yeux.

Adrienne était revêtue de son unique tenue en dehors de l'uniforme révolu : un kilt usé avec un pull à col roulé gris.

On invita le garçon à s'asseoir. Il savait qu'il passait un examen et s'y prêta de bonne grâce.

À quarante-cinq ans, Astrid était l'exacte réplique de la méchante reine dans *Blanche-Neige*. Armel n'y fut pas sensible. Chaque fois que Madame mère ouvrit la bouche, ce fut pour dire des amabilités telles que : « Diplomate ? Des lâches et des faux jetons, cette engeance ».

Armel avait beaucoup de mal à ne pas rire. Adrienne l'avait averti, mais cela dépassait les prévisions. Il enchanta Donatien. Le jeune homme s'exprimait avec éloquence et vivacité, ses yeux pétillaient. Lui-même tomba sous le charme de Monsieur père et ne put s'empêcher de lui dire, au terme de l'entretien :

– Vous êtes le père de mes rêves, celui que je n'ai jamais eu.

À quoi Donatien répondit :

– Et vous, le fils que j'ai toujours espéré avoir.

Veuve depuis vingt ans, la mère d'Armel traînait un désespoir aussi élégant que ses tailleurs. Elle salua la demoiselle d'un sourire triste et aimable. Ses vieux parents, qui partageaient la demeure bruxelloise, trouvèrent Adrienne exquise.

– Voici une affaire qui prend bonne tournure, non ? dit-elle.

– Il y a encore ma famille paternelle à convaincre, répondit Armel avec un peu d'appréhension.

– Ceux du château ardennais ?

– Précisément.

Armel lui suggéra de porter l'imperméable rouge, unique achat qu'elle avait fait avec sa mère, qu'il avait déclaré « merveilleux ». On vit donc arriver dans la cour du château un coquelicot d'une grande beauté. Mais sa naissance fut jugée insuffisante par cette auguste assemblée et ce parti fut refusé.

– Je me passerai de leur permission.

Le jeune homme, qui venait de fêter ses vingt et un ans, en avait le droit. La jeune fille avait encore deux années à attendre.

– J'aurai le bonheur de continuer à te faire la cour, dit Armel.

En 1959, Adrienne eut vingt et un ans. Armel prit une paire de gants beurre frais et alla demander officiellement sa main à son père.

– Désolé, c'est impossible, dit celui-ci.

– Pourquoi ?

– L'usage veut que l'aînée se marie en premier lieu. Jacqueline n'est même pas fiancée.

Astrid, enchantée d'avoir une nouvelle méthode pour persécuter Jacqueline, lui serina du matin au soir combien son célibat prolongé – à vingt-trois ans – posait de problèmes à l'univers. Il n'y eut personne pour la défendre.

C'est ainsi que la jeune femme épousa littéralement le premier venu. Elle fut très malheureuse.

Donatien déclara à Armel qu'il n'existait plus d'objection à son union avec sa fille. Les jeunes gens, qui finissaient par croire que leur amour était maudit, se marièrent le 13 juin 1960. Ils se considéraient comme fusionnels depuis déjà six années et exultèrent d'avoir enfin le droit de vivre ensemble.

Ils louèrent un petit deux-pièces situé à proximité du ministère des Affaires étrangères, à Bruxelles, où le jeune homme effectua son stage.

Un soir, Adrienne eut un léger accrochage avec Armel et se mit à l'insulter. Le garçon la regarda avec stupéfaction et lui demanda ce qu'elle avait.

– Nous sommes mariés, répondit le plus naturellement celle qui avait toujours vu ses parents se quereller.

Armel rit et dit :

– Ma chérie, nous n'allons pas prendre tes parents pour modèle conjugal. Le mariage n'est pas la guerre. Nous allons être heureux.

Il tint parole.

Le 17 mars 2020, mon père est mort. À trois mois près, mes parents auraient fêté leurs soixante ans de mariage. Mais comme ils dataient le commencement de leur union à leur rencontre six années plus tôt, ils considéraient qu'ils avaient soixante-six ans d'amour. Noces de jasmin.

J'ai connu des couples plus amoureux que mes parents. Je n'en ai pas connu de plus durablement heureux. Pendant soixante-six années, leur amour a certes évolué mais malgré les épreuves, il n'a jamais cessé de se porter comme le Pont-Neuf.

En 1964, mon père a été saisi dans ce qui a été la plus importante prise d'otages du XXe siècle, à

Stanleyville, aujourd'hui Kisangani, au Congo. Jeune consul de vingt-huit ans, il a joué le rôle de négociateur avec les rebelles. L'affaire a duré quatre mois. Pendant ce temps, ma mère, seule avec ses deux petits à Léopoldville, ne savait rien de ce qui arrivait à son mari. Le gouvernement ne pouvait pas lui garantir qu'il était encore vivant.

Comment survécut-elle à un tel cauchemar, c'est un mystère. Je lui ai souvent posé la question. Elle m'a toujours répondu en haussant les épaules :

– Il fallait bien.

Je n'ai jamais manqué d'observer son visage au moment où elle disait cela. Il ne témoignait d'aucune souffrance. Je soupçonne que sa philosophie insubmersible du tant mieux lui fut d'un grand secours.

En 1978, mon père est devenu ambassadeur au Bangladesh, le pays le plus pauvre du monde. Mes parents ont vécu là-bas trois ans. Chaque week-end, ils se rendaient dans une léproserie belge au cœur de la jungle, où ils aidaient à soigner les malades. Ma sœur et moi les regardions faire avec épouvante.

Comme ma mère nettoyait les plaies d'un lépreux, je ne pus m'empêcher de lui demander si elle ne préférait pas le poste précédent, New York, où elle allait de comédies musicales en spectacles. Elle répondit sans afféterie :

– Ça change.

Même si c'est la tarte à la crème absolue, je suis obligée de dire que cette positivité exagérée devait l'essentiel à l'amour. Mes parents s'aimaient, comment dire, avec solidité. Mon père ne cessait de s'extasier sur la beauté de son épouse : il avait raison, elle était magnifique. Elle ne manquait jamais de vanter la splendeur de son mari, qui était moins flagrante. Au sortir du film de Wim Wenders *Les Ailes du désir*, elle affirma avec la dernière énergie que mon père était le sosie du personnage de l'ange. J'eus beau scruter le visage paternel, je n'y vis pas l'ombre d'un air de famille.

Il mourut de manière idéale, dans les bras de son aimée, à vingt-trois heures trente, le 17 mars

2020. Ma mère passa la nuit seule avec lui. Au matin, elle annonça la nouvelle à ma sœur, qui habite Lyon. Juliette me téléphona aussitôt :

– Je saute dans ma voiture, j'en ai pour six heures pour arriver au Pont d'Oye. Appelle maman le plus souvent possible, elle est seule avec papa mort, j'ai peur qu'elle devienne folle.

Pendant les six heures qui suivirent, de Paris, j'appelai ma mère toutes les demi-heures. Elle avait une voix fantomatique, curieusement exaltée.

– Maman, tu te rappelles ce qui s'est passé cette nuit ?

– Oui.

Ce que recouvrait ce oui était de l'ordre de l'inconnaissable.

– Comment te sens-tu ?

– Bien. J'ai faim.

– Va manger. Je te rappelle.

Une demi-heure plus tard.

– Ça va, maman ?

– C'est fantastique, le roi vient de me téléphoner. Il m'a dit qu'il adorait ton père. Le roi, tu te rends compte ?

– Oui.

Chaque demi-heure, elle m'annonçait les condoléances téléphoniques d'un nouveau Belge éminent.

– Mais toi, maman, comment te sens-tu ?

– Très bien, ma chérie. Il faut que j'aille promener le chien, je te laisse.

Jamais la positivité maternelle ne m'inquiéta autant que ce jour-là.

Cette exultation dura un an. Notre mère y mit tous ses stocks de tant mieux disponibles, comme si elle ne devait plus jamais en avoir besoin.

Au terme de cette année, maman commença à décliner. Elle perdit la tête et le corps, sombra dans la démence sénile. La maladie de Parkinson, dont elle souffrait depuis quinze ans sans manifester de symptômes, la rattrapa d'un coup. Elle qui était restée d'une inaltérable jeunesse jusqu'à la mort de son mari vieillit à la vitesse grand V.

Mon dernier séjour avec elle eut lieu au moment de Noël et du Nouvel An en 2023-

2024. Retombée en enfance, elle avait alors quatre ans – les quatre ans qu'elle avait feint de ne pas avoir pendant son été avec Bonne-maman de Gand. Sur son visage halluciné, je voyais défiler l'horreur éprouvée au cours de ces deux mois de torture. Elle poussait régulièrement des cris de terreur qui déchiraient le cœur.

Je m'estime heureuse, elle me reconnaissait. À l'instant de la quitter, je lui ai dit :

– Maman, je t'aime.

Elle m'a répondu :

– Je t'aime, Amélie.

C'était loin d'être la première fois que nous nous le disions, mais ce fut l'occurrence la plus indispensable.

Le 11 février 2024, elle s'éteignit à l'hôpital d'Arlon, à l'âge de quatre-vingt-six ans.

Quand mon père est mort, j'en ai parlé aussitôt et partout. Je ne pouvais pas faire autrement. Je le pouvais d'autant moins que mon père me parlait sans arrêt.

Quand ma mère est morte, j'ai été incapable d'en parler. Je ne l'ai dit qu'à un petit nombre d'intimes. Je n'ai pas pu faire autrement. J'ai eu beau tendre mon oreille intérieure, je ne l'ai pas entendue me parler.

De son vivant, mon père ne parlait guère à ses proches. Ma mère, elle, parlait très facilement à tout le monde, moi comprise. J'imagine que ceci explique cela : mon père avait des silences à rattraper, ma mère non.

Elle me fait signe, pourtant : des visions, des sensations, des odeurs. Je sais aussi quand elle est contente et quand elle ne l'est pas.

Mon père a admirablement réussi sa mort. Il est parti juste au bon moment, il n'avait perdu aucune de ses facultés mentales, intellectuelles ou spirituelles. Son décès a été salué par tous. Nous avons reçu des lettres à n'en plus finir, de Belgique, du Japon et de tant d'autres pays.

Ma mère n'a pas réussi sa mort. Elle avait perdu presque toute sa tête. Personne ne s'est aperçu de son décès.

Ma mère a survécu quatre ans à son grand amour. Sa première année, dans l'extase de sa présence. Dès la deuxième, dans le vertige de l'absence.

Quand mes parents étaient vivants, l'idée d'écrire sur eux ne m'a pas effleurée. La perspective de leur mort m'avait toujours terrifiée, c'est peut-être pour cela que je ne l'ai jamais envisagée. J'avais réglé cela inconsciemment, de cette manière : ils n'allaient pas mourir.

Après la mort de mon père, j'ai su, assez vite, que j'allais écrire non pas un livre sur lui mais son livre. Je ne l'ai pas écrit sous sa dictée, mais en sa présence active. Ce livre-là est écrit à la première personne du singulier : le narrateur, c'est lui. Je voulais qu'on entende sa voix.

Le silence injuste qui a entouré la mort de ma mère a rendu plus vif encore mon besoin d'écrire son livre à elle. J'ai voulu, tellement, l'écrire à la première personne. J'ai découvert que j'en étais incapable. C'eût été un artifice absolu. Pourquoi ? Parce que je suis mon père, parce que je ne suis pas ma mère.

Examinons cela, qui ne peut pas être vrai. Je ressemble beaucoup plus à mon père qu'à ma mère, c'est évident. De là à affirmer que je ne suis pas ma mère, il y a de la marge.

Petite, je voulais lui ressembler. Elle était belle, avait une allure incroyable, un maintien, une assurance, une joie de vivre, une énergie. Le genre de personne dont on dit que c'est la vie même.

Tout le monde me disait que j'étais le sosie de mon père. Je me révoltais. Ma mère me disait : « Sois heureuse ! Tu ressembles à cet homme admiré ! Et tu voudrais ressembler à l'idiote ! »

Cela me mettait hors de moi. Ma mère n'était pas une idiote. Elle avait traversé, enfant, de telles épreuves qu'elle avait développé la faculté de se dissocier, afin de ne pas souffrir. Elle ne le savait pas. Combien de fois l'ai-je prise en flagrant délit de Docteur Jekyll et Mister Hyde ? Quand elle était Hyde, elle était une idiote au sens étymologique du terme : à ce point centrée sur elle-même qu'elle ne comprenait rien. Quand elle était Jekyll, elle était mieux qu'intelligente, elle avait du génie.

En 1992, j'ai publié mon premier roman. Les familles paternelle et maternelle se sont indignées. Mes parents, qui adoraient ce que j'écrivais, ont reçu des invectives du ban et de l'arrière-ban. On leur signifiait qu'il fallait qu'ils règlent ce terrible problème.

Mon père répondait qu'il m'admirait et qu'il était hors de question qu'il restreigne ma liberté d'expression.

La réponse de ma mère sidérait :

– Vous n'aimez pas *Hygiène de l'assassin* ? Je vous comprends. Personne ne voudrait avoir un Caravage chez soi.

Elle trouvait le moyen de se montrer conciliante envers nos détracteurs, tout en adressant à sa fille un éloge somptueux. La famille repartait le bec dans l'eau, sans savoir si elle avait obtenu gain de cause.

Maman-Hyde, elle, pouvait être une brute. Un triste mariage l'avait écartée à jamais de sa grande sœur ; je demandai à ma mère comment elle avait supporté d'être arrachée à son aînée, qu'elle avait tant aimée. Elle me répondit sans affect :

– C'est comme si elle était morte.

J'en frissonnai d'horreur. Si la vie m'avait séparée de ma sœur Juliette, c'est moi qui aurais eu l'impression d'être morte.

Quand on parlait à ma mère, on ne savait jamais si on s'adressait à Jekyll ou à Hyde. Elle-même l'ignorait, n'avait aucune conscience de cette dualité et réglait son propre cas en se qualifiant de femme stupide. J'ai essayé des centaines de fois de la convaincre de son erreur, exemples à l'appui. Elle se contentait de rire.

Il peut m'arriver de m'inspirer d'elle, si je suis en difficulté. C'est toujours le résultat d'un effort, d'une réflexion. Dans les rapports humains, ma mère était un génie de l'improvisation. Quand elle rencontrait une personne toxique, elle ne manquait jamais d'adopter, avec un naturel absolu, la seule attitude qui la faisait fuir.

Mon père était mystique et vivait secrètement une foi profonde. Il respectait toutes les religions et avait un amour fou pour Jésus, dont j'ai hérité. Ma mère était d'une indifférence religieuse abyssale. Nul mépris dans son attitude. Ce n'était pas pour elle, voilà. J'ai beaucoup réfléchi à cela et j'en suis arrivée à la conclusion que son absence viscérale de mysticisme s'expliquait par une absence vertigineuse de sentiment de culpabilité.

Certes, ma mère n'avait jamais mal agi dans sa vie. Mais le sentiment de culpabilité n'a rien à voir avec la culpabilité réelle. Souvent, un enfant qui a vu ses parents se comporter avec violence contracte un terrible sentiment de culpabilité. Ma mère, petite, avait vu son père battre sa mère, avait vu sa mère assassiner avec cruauté les chats du quartier. Il me semble qu'à sa place, j'en aurais nourri un sentiment de culpabilité immense. Ma mère, elle, en avait retiré une incapacité totale à se sentir coupable. J'admire cela. C'est tellement plus juste.

Pour ma part, j'éprouve un sentiment de culpabilité insensé sans avoir pour autant commis quoi que ce soit qui le fonde. Je sens que mon père en souffrait aussi. Il n'en parlait jamais, mais combien de fois ai-je vu sur son visage cette expression de tourment asphyxiant que je reconnais dans mon reflet dans le miroir ?

Cette différence est un gouffre. C'est ainsi que j'explique mon incapacité à endosser la première personne du singulier en écrivant le livre de ma mère. Je suis tellement encombrée, depuis si longtemps, par le sentiment de culpabilité, que je ne peux parler au nom de qui en est exempt. Car ce n'est pas le manque d'amour qui serait à l'origine de ce curieux phénomène. J'aimais, j'aime ma mère, d'un amour presque gênant.

Mon amour pour mon père est, je crois, l'amour équanime : un amour vrai, sans délire, spirituel, protégé de l'inceste par une distance naturelle. Mon père m'a toujours profondément aimée, non sans me laisser entendre que physiquement je lui déplaisais, pour l'évidente raison de notre ressemblance, et mon sentiment pour lui était identique.

Mon amour pour ma mère est de l'ordre du ravage : il n'y a pas de frein, pas de sagesse, pas d'équilibre. Notre différence absolue ne s'est jamais accompagnée d'une distance salvatrice.

Ma sœur Juliette ressemble à ma mère autant que je ressemble à mon père. Avec cette différence non négligeable qu'elle a eu de bons parents. Elle n'a pas vécu les traumatismes de ma mère. Ma sœur a toujours été pour moi une version accessible et équilibrée de ma mère.

Ma mère n'était pas démente. Elle était à côté de la question. Cela lui réussissait. Comment s'en étonner ? Vivre le tant mieux dans le monde réel, cela n'aurait pas pu fonctionner.

Il y a une vingtaine d'années, je me rappelle l'avoir trouvée, l'après-midi, devant le téléviseur, à regarder un documentaire sur le Finistère, en un état d'extase indescriptible. Elle éructait d'admiration. Je ne savais pas que ma mère vouait un tel amour à cette extrémité bretonne, et je m'assis à côté d'elle pour tenter de comprendre.

Au bout d'une dizaine de minutes, elle me prit à témoin et s'écria :

– Tu vois, la Laponie en été, c'est mon idéal !

À l'encontre du livre de mon père où j'ai conservé noms et prénoms, j'ai senti que je ne le pourrais pas pour le livre de ma mère.

La famille maternelle est frappée d'un tabou que je ne peux pas lever. Non que je la renie ou que je ne l'aime pas. Cette famille pour moi est ténèbres. J'ai choisi des prénoms qui, dans mon imaginaire, étaient apparentés aux vrais, soit phonétiquement, soit allusivement. Le hasard n'y a joué aucun rôle. Ainsi, quand mes grands-parents maternels ont attendu leurs trois enfants, ils espéraient à chaque fois un garçon. Ils ont donné à leurs trois filles la version féminine du prénom masculin élu. Il leur importait de signaler onomastiquement leur déception, afin que leurs filles ne puissent pas l'oublier.

Pour ma mère et ses deux sœurs, j'ai sélectionné des prénoms qui permettent cette dérivation.

On ne peut pas parler de secret dans ma démarche. Rien n'est plus facile que de découvrir leurs vrais prénoms. C'est moi que je protège.

Il est compliqué d'appartenir à un groupe, à plus forte raison à une famille. Face à ce souci, on a le choix entre amour ou haine.

La haine, ce n'est pas mon genre. J'ai essayé de tout mon cœur. Je n'y suis pas arrivée et je ne le regrette pas. Haïr sa famille ne résout rien et ne peut que porter préjudice à soi-même : celui qui hait sa famille, même pour les meilleurs motifs, finira par se haïr. Par ailleurs, dans le cas de ma famille maternelle, cette haine serait injuste puisque ma mère a été pour moi une mère fantastique.

L'amour est plus dans mes cordes. Il n'est pas plus facile pour autant. J'ai toujours éprouvé pour ma mère l'amour le plus absolu. Elle m'a sauvée d'un danger intérieur qu'elle seule avait remarqué. Mes deux aînés, dès la naissance, étaient lumineux. J'étais sombre. Dès mes cinq ans, j'ai senti cette noirceur grandir en moi. J'étais appelée, je pense, à devenir une dépressive pathologique.

Quand ma mère me voyait sous l'emprise de cette obscurité, elle me disait :

– Pourquoi es-tu comme cela ?

– Je ne sais pas.

– Alors arrête. Tu n'as pas le droit.

C'était dit avec autorité et douceur. Cette parole a été entendue. Aujourd'hui encore, lorsque la force atrabilaire se manifeste en moi, la voix maternelle la repousse : « Tu n'as pas le droit. » C'est d'une efficacité redoutable.

Je n'oublierai jamais ma dette astronomique envers ma mère : elle m'a livré un bouclier pour lutter contre mes ténèbres. Je l'en ai remerciée il y a une dizaine d'années. Sa réaction fut typique d'elle :

– J'ai fait cela, moi ? Allons !

Elle ne simulait pas. Elle était indifférente à ses mérites au point de les ignorer. Son attitude vis-à-vis de ses torts était la même : elle n'en reconnaissait aucun, si flagrant fût-il, non par susceptibilité – elle en était dénuée – mais par incrédulité. Qu'elle ait eu la moindre influence, bonne ou mauvaise, sur quoi que ce fût lui paraissait chimérique.

– Ta mère persécutait les chats avant de les assassiner, lui dis-je quand j'étais adolescente. Cela ne t'a jamais donné envie d'avoir un chat, pour le cajoler ?

– Quelle drôle d'idée ! Je n'ai jamais pris le point de vue du chat. J'ai toujours essayé de comprendre ce qui se passait dans la tête de ma mère.

– Quelles sont tes conclusions ?

Sans les chats, Astrid aurait cru que sa mère était seulement incapable d'aimer. Elle aurait pu l'accepter. Mais de la voir adorer une autre espèce, c'était pour elle une torture.

– Se venger sur les chats, même d'un désamour, c'est atroce, n'est-ce pas ?

– Je n'excuse pas ma mère. Je l'ai vue se dégrader. La violence de mon père a joué un rôle colossal dans sa chute. Toi, tu l'as toujours connue méchante comme la gale. Moi, je ne parviens pas à oublier la maman aimante qu'elle a été pour moi.

– Pour toi uniquement. Tes deux sœurs n'ont pas eu affaire à sa bonté.

– Maman était profondément injuste. Les dieux sont injustes et on s'y attend.

J'ai accompagné ma mère aux funérailles de la sienne, en février 1998. À l'église, il y avait des sourires narquois. Personne n'ignorait que la défunte était coupable de moult vilenies.

Quand le prêtre a eu fini de parler, il a invité l'assemblée à s'exprimer. Une seule personne s'est levée, c'était ma mère. Sans notes, elle est venue prononcer un discours qu'elle inventait au fil de la parole :

– Maman, tu n'aimais pas beaucoup les gens, mais tu aimais les voitures et les fleurs…

J'ai tellement ri que je n'ai pas entendu un mot de la suite.

Lorsque ma mère a perdu son autonomie, ma sœur s'est occupée d'elle avec un dévouement inouï. Pour autant, elle ne pouvait pas être sans cesse à ses côtés. Quand son travail l'accaparait, elle devait retourner à Lyon. Aussi fallait-il, pendant ces périodes, placer notre mère dans une institution. C'était pour ma sœur un crève-cœur de la laisser là, même si cette maison de repos était de bonne tenue.

J'y appelais ma mère au quotidien. Elle pouvait voir le téléviseur de son lit et trouvait cela fabuleux. Un jour, elle me dit qu'elle était en train de regarder un documentaire formidable.

– Quel en est le sujet ? lui demandai-je.

C'est alors que j'entendis ma mère se tourner de l'autre côté et dire :

– Mon chéri, c'est sur quoi, l'émission ?

J'ai compris qu'elle interrogeait mon père, mort depuis trois ans, mais avec qui elle continuait à vivre.

L'énigme de ma mère, c'est la souffrance. Celle-ci était le tabou de mes parents. Ils n'en parlaient ni ne l'autorisaient. Mon père n'exprimait guère ses sentiments : on ne s'étonnait pas qu'il n'évoque pas plus ses peines que ses joies.

Du reste, s'il se taisait, la douleur se lisait sur son visage. C'est que chez lui, l'interdit était lié à la politesse et au milieu.

Le cas maternel était autrement mystérieux. Sa négation de la souffrance avait été son invention d'enfançonne, afin de survivre à des épreuves qu'on qualifierait aujourd'hui de traumatismes. Par ailleurs, c'était une femme qui ne cachait pas ses sentiments heureux, elle les disait avec générosité.

Elle parlait aisément et sans qu'on l'interroge de ses très jeunes années. Quand elle racontait l'été de cauchemar auprès de Bonne-maman de Gand, c'était en riant. Lorsqu'elle évoquait son père battant sa mère, c'était avec colère.

Il serait excessif d'affirmer que je ne l'ai jamais vue souffrir. Ma mère souffrait certainement autant que n'importe qui. Il était seulement rarissime qu'elle le montre.

Quand elle est entrée en démence sénile, après la mort de mon père, elle a perdu ce tabou. Il lui restait alors trois années à vivre, pendant lesquelles nous l'avons entendue hurler de douleur à n'en plus finir. Nous lui demandions ce qui se passait, elle répondait qu'elle ne savait pas. Combien de fois ai-je pensé qu'elle dégorgeait toute la souffrance réprimée ?

L'un de mes uniques souvenirs d'enfance où j'ai vu souffrir ma mère.

J'avais neuf ans, nous vivions à New York. Ma sœur et moi étions déjà couchées. Mon père est venu nous réveiller.

– Venez embrasser votre mère, les filles, et soyez très gentilles. Il lui est arrivé un malheur : on lui a volé ses bijoux.

Maman était couchée sur son lit, à plat dos, les yeux clos. Elle avait l'air d'une morte. Juliette et moi, nous l'avons embrassée.

– Merci, mes chéries, a-t-elle eu la force de murmurer.

C'était affreux à voir. Ma mère, qui avait toujours été la vie même, avait toutes les caractéristiques d'une défunte.

Nous savions que c'était une souffrance d'amour.

Beaucoup plus tard, j'ai vu le film *Madame de*, de Max Ophüls. Le personnage éponyme, joué sublimement par Danielle Darrieux, découvre la souffrance d'amour pour un bijou. Durant la scène où Madame de se meurt d'amour à cause de ce bijou, j'ai pleuré des larmes intimes.

Je me rappelle avoir pensé : « Heureusement que maman ne souffre pas plus souvent. Elle en mourrait. »

Le dernier poste de mon père fut Rome. En tant qu'ambassadeur, il avait pour devoir de recevoir chez lui, ne fût-ce qu'une seule fois, le chef d'État en exercice. À l'époque, il s'agissait de Silvio Berlusconi. Que mes parents l'eussent en horreur ne changeait rien à cette obligation. Une invitation fut adressée et acceptée.

Six semaines avant la date de ce dîner officiel, ma mère, en cachette, se mit à accumuler au frigo des restes innommables. Quand arriva le grand soir, elle sélectionna les reliefs les plus croûteux, les plus fuligineux, les plus infects, et les disposa en des plats de gala.

À table, mon père eut la stupéfaction de voir servir ces immondices. Il regarda avec effroi son épouse, qui lui adressa un clin d'œil. Le condottiere mangea ces horreurs en s'exclamant :

– La cuisine belge, quelle merveille !

Impossible de savoir s'il contracta une indigestion.

Cet héroïsme fut l'unique cas où ma mère transgressa une règle. Cet acte volontaire fut applaudi, après coup, par mon père.

On se tromperait en croyant que le reste du temps une femme aussi spontanée mit son époux en difficulté. Elle avait l'amabilité chevillée au corps et fut une ambassadrice parfaite.

Comme je ressemblais à mon père, on affirma très tôt que je suivrais son exemple et deviendrais diplomate. Ce métier, qui suscite mon admiration, ne m'a jamais tentée. Mes parents recevaient mille personnes par mois. Ce simple chiffre me rend malade. Moi qui ne reçois pas même une personne par an, je ne supporterais pas de subir l'invasion de mon périmètre par qui que ce soit.

Chez ma mère, c'était une seconde nature. À la fin de sa vie, si elle reconnaissait encore ses enfants, elle n'identifiait plus guère ses petits-enfants ou ses meilleurs amis. Qu'à cela ne tienne : je me rappelle l'avoir vue converser gracieusement au séjour avec des invités, tentant de les mettre à l'aise alors même qu'elle n'en reconnaissait aucun.

Ou alors, elle pensait que l'invitée, c'était elle. Après une veillée familiale, elle se leva, remercia pour cette superbe soirée et annonça qu'elle allait regagner son logis.

– Maman, tu es chez toi, protesta-t-on.

Elle crut à de la politesse et dit qu'elle ne pouvait pas accepter. Elle finit par nous remercier pour notre hospitalité et nous pria de lui indiquer le chemin de sa chambre. C'est ainsi que chez ma mère, la maladie de Parkinson n'oblitéra pas la courtoisie.

Les Japonais ne s'y trompèrent pas. Au moment de choisir un professeur de politesse occidentale, ils élurent, à l'unanimité, ma mère, qui dispensa son enseignement à Tokyo pendant des années.

– Apprenez-nous à avoir l'air aussi à l'aise que vous, lui demandèrent-ils.

Depuis une trentaine d'années, de nombreux lecteurs m'ont dit qu'à lire mes livres on sentait mon amour pour mon père et mes préventions contre ma mère.

La première impression est aussi juste que la seconde est fausse. Je me suis rongée pour tenter de savoir comment j'avais pu donner cette illusion. Je me suis relue, mais dira-t-on jamais combien l'auteur qui se relit ne voit rien, perçoit tout au plus l'odeur insupportable de ses entrailles ?

Mon amour pour mon père, c'est Sophocle, Corneille, non que je prétende au chef-d'œuvre, c'est l'amour classique et sans faille d'une fille pour une figure paternelle droite et noble.

Mon amour pour ma mère, c'est Barbey d'Aurevilly, c'est déchiré et hirsute, magnifique et entrecoupé de joie.

Lorsque j'étais en couple avec un jeune Tokyoïte, je racontais parfois des anecdotes à ce sujet. Ma mère ne manquait jamais de dire :

– Le pauvre garçon !

Elle ne saisissait pas pourquoi je me mettais en rage d'entendre cela. Mais comment en vouloir à une femme qui, l'été, quand je passais les vacances avec elle, saluait mon éditeur au téléphone d'un glacial :

– Pardon, monsieur. Est-ce que ma fille vous connaît ?

Ma mère avait le génie de décontenancer les gens. Elle n'a jamais cessé de me désarçonner aussi. Son côté Jekyll et Hyde la rendait insituable. Il lui échappait soudain un propos odieux. Quand, le choc passé, on lui demandait pourquoi elle avait déclaré une chose pareille, elle disait doucement :

– J'ai dit ça, moi ? Allons.

Elle n'y croyait pas. C'était au-delà de la mauvaise foi.

J'aime ma mère d'un amour absolu et déconcerté.

Dans tous mes livres, aucune mère ne lui ressemble. Sans doute parce que ma mère était trop déroutante.

J'ai quinze ans. Maman me conduit en voiture je ne sais où. La route est longue. Aucune parole n'est échangée. D'habitude, ma mère parle facilement. Aujourd'hui, elle se tait. Elle est aussi à l'aise dans le silence que dans le babil.

Je cherche quelque chose à dire et je ne trouve rien. Je suis assise à la place du mort, je pense : « Un jour, ta mère sera morte et tu regretteras de ne pas lui avoir parlé pendant ce trajet infini. » C'est certain, et cela ne m'aide pas. Les sujets qui me viennent à l'esprit sont futiles. J'aime ma mère d'un amour insensé et j'en suis muette.

Les filles de quinze ans ont tant à raconter. Moi, rien. Il ne m'arrive rien. Je ne me sens pas capable d'inventer un bobard qui intéresserait une mère. Maman a quarante-deux ans. Sa beauté est un événement célébré par la petite société qui est la nôtre. Quand elle arrive, les gens la regardent et l'admirent. Et moi, dans cette voiture, je l'ai pour moi seule, et je ne dis rien. Elle doit m'en vouloir. Pis : elle doit être déçue.

Au bout d'une durée indéterminable, je balbutie :

– Pardon. Il faudrait que je te fasse la conversation, mais j'ai beau m'appliquer, je n'ai rien à dire.

Un instant interdite, ma mère éclate de rire :

– Ce que tu es drôle ! Tu as le droit de ne pas me parler, gamine.

Je ne vois pas le comique de cette situation.

Aujourd'hui, c'est elle qui est à la place de la morte. Si j'avais l'occasion de me retrouver à ses côtés pour un long trajet, rien ne m'autorise à croire que je serais mieux inspirée pour lui parler. S'adresser à un être que l'on aime est parfois difficile. Aucune parole ne semble à la hauteur. Je ne bats pas ma coulpe de n'avoir pas réussi, à l'âge de quinze ans, à charmer de ma conversation cette mère adorée.

À l'âge de neuf ans, comme je l'implorais de me déclarer un amour qu'elle m'avait déjà tant affirmé, elle finit par me dire :

– Si tu veux que je t'aime encore plus, séduis-moi.

J'avais rétorqué avec indignation :

– N'est-ce pas ton devoir de m'aimer ?

– Ça n'existe pas, le devoir d'aimer. Personne n'est obligé d'aimer, avait-elle répondu.

J'ai écrit cela dans *Biographie de la faim*. De nombreux lecteurs m'ont envoyé des lettres révoltées contre cette réponse maternelle. Je les désapprouve. Ce que ma mère avait dit était dur, mais c'était seulement la vérité. Séduire sa mère : cela prend du temps.

J'avais quarante-deux ans – l'âge de ma mère lors de la scène de la voiture – quand celle-ci m'a dit, après m'avoir contemplée sans que je le remarque :

– Je te regarde. Tu es belle. Tu es étonnante !

Je me rappelle avoir pensé : « Voilà, j'y suis arrivée. J'ai séduit ma mère. » À l'émotion ressentie s'est mêlé un regret : « C'est à neuf ans que j'aurais voulu entendre cette parole. Aujourd'hui, elle m'importe moins. »

Heureusement, au fond de moi, j'ai perçu une petite voix : « La fille de neuf ans est toujours là. Elle est très contente. »

Le dimanche 11 février 2024, à sept heures du matin, une circonstance indépendante de ma volonté m'a appris que ma mère était morte.

Or, j'avais encore une heure d'écriture devant moi. Je suis ainsi constituée que, si je n'ai pas mes quatre heures d'écriture quotidiennes, je ne fonctionne pas.

Comment accomplir un acte aussi dur qu'écrire, pendant une heure entière, quand on vient d'apprendre la pire nouvelle de sa vie ?

Entre ma tête et mon corps il n'y avait plus de connexion. Mon corps abritait la centrale de Fukushima après l'accident, il était inhabitable. Ma tête commandait à ma main d'écrire, sans perdre le fil. Ma main était étrangère à mon corps, c'était un tentacule relié directement au cerveau.

L'heure a duré. Un tel laps ne se mesure pas.

À huit heures du matin, j'ai eu fini d'écrire. J'ai ressoudé la tête et le corps et je me suis livrée à la souffrance. Je suis descendue dans mon corps et j'y ai découvert une douleur inconnue.

Il ne s'agit pas de comparer deux amours immenses. Je ne sais pas pourquoi il est encore plus insoutenable de perdre sa mère que son père. Je le constate.

Je peux m'estimer très privilégiée. J'ai eu de bons parents, ils sont morts quand leur heure est venue, selon l'ordre de la nature. Nous ne nous sommes pas brouillés ni perdus de vue, nous avons partagé cet amour jusqu'au bout et encore maintenant.

Quand mon père est mort, il a commencé à me parler comme jamais. Ma mère, elle, se tait. Chacun meurt à sa manière. Ma mère m'avait beaucoup parlé de son vivant, sans doute n'en éprouve-t-elle plus le besoin. Elle m'adresse rarement de gentils messages : des odeurs délicieuses, des visions, des rires agréables.

Je vis le lot commun, me voici orpheline. Il m'est donné, chaque jour et chaque nuit, de sentir ce que je dois à mes parents et de leur en rendre grâce.

Il n'empêche qu'il restera toujours ce décalage. Quand j'ai appris la mort de mon père, j'ai pu, aussitôt, sombrer dans l'indispensable souffrance, être une fille immédiatement en deuil.

Avec ma mère, il y a eu une heure innommable, inconcevable. Une heure où j'ai été quelqu'un qui m'épouvante.

C'est la seule fois de ma vie, je crois, que j'ai ressemblé à ma mère.

DE LA MÊME AUTRICE

Aux Éditions Albin Michel

HYGIÈNE DE L'ASSASSIN

LE SABOTAGE AMOUREUX

LES COMBUSTIBLES

LES CATILINAIRES

PÉPLUM

ATTENTAT

MERCURE

STUPEUR ET TREMBLEMENTS, Grand Prix du roman de l'Académie française, 1999.

MÉTAPHYSIQUE DES TUBES

COSMÉTIQUE DE L'ENNEMI

ROBERT DES NOMS PROPRES

ANTÉCHRISTA

BIOGRAPHIE DE LA FAIM

ACIDE SULFURIQUE

JOURNAL D'HIRONDELLE

NI D'ÈVE NI D'ADAM

LE FAIT DU PRINCE

LE VOYAGE D'HIVER

UNE FORME DE VIE

TUER LE PÈRE

BARBE BLEUE

LA NOSTALGIE HEUREUSE

PÉTRONILLE

LE CRIME DU COMTE NEVILLE

RIQUET À LA HOUPPE

FRAPPE-TOI LE CŒUR

LES PRÉNOMS ÉPICÈNES

SOIF

LES AÉROSTATS

PREMIER SANG, prix Renaudot 2021

LE LIVRE DES SŒURS

PSYCHOPOMPE

L'IMPOSSIBLE RETOUR

Retrouvez toute l'actualité des éditions Albin Michel
sur notre site albin-michel.fr
et suivez-nous sur les réseaux sociaux.
Instagram : editionsalbinmichel
Facebook : Éditions Albin Michel
YouTube : Editions Albin Michel

Composition : IGS-CP
Impression : CPI Bussière en avril 2025
Éditions Albin Michel
22, rue Huyghens, 75014 Paris
www.albin-michel.fr
ISBN broché : 978-2-226-50439-5
ISBN luxe : 978-2-226-18571-6
N° d'édition : 27825/01 – N° d'impression : 2084099
Dépôt légal : août 2025
Imprimé en France